THE W

MANKIND HAS NEVER BEEN SO SMALL,
NOR SO BRAVE.

星际战争

〔英〕赫伯特·乔治·威尔斯　著

舒进艳　译

台海出版社

图书在版编目（CIP）数据

星际战争 /（英）赫伯特·乔治·威尔斯著；舒进
艳译 . -- 北京：台海出版社，2025. 6. -- ISBN 978-7-
5168-4280-5

Ⅰ. I561.45

中国国家版本馆 CIP 数据核字第 202551735E 号

星际战争

著　　者：［英］赫伯特·乔治·威尔斯　　　译　者：舒进艳

责任编辑：赵旭雯　　　　　　　　　　　封面设计：宋　涛

出版发行：台海出版社
地　　址：北京市东城区景山东街 20 号　　邮政编码：100009
电　　话：010-64041652（发行，邮购）
传　　真：010-84045799（总编室）
网　　址：www.taimeng.org.cn/thcbs/default.htm
E－m a i l：thcbs@126.com

经　　销：全国各地新华书店
印　　刷：三河市嘉科万达彩色印刷有限公司
本书如有破损、缺页、装订错误，请与本社联系调换

开　　本：880 毫米 × 1230 毫米　　　1/32
字　　数：140 千字　　　　　　　　　印　　张：7.25
版　　次：2025 年 6 月第 1 版　　　　印　　次：2025 年 6 月第 1 次印刷
书　　号：ISBN 978-7-5168-4280-5

定　　价：59.80 元

若这些星球被赋予生命，又将有何人居其间？……

我们或者他们，究竟谁才是宇宙的主宰？……

而万物是如何为人类所造就的呢？

——开普勒（引自《忧郁的剖析》）

目 录

上卷　火星人降临

I

下卷　火星人统治地球

上卷

火星人降临

第一章　大战前夕

　　十九世纪末，恐怕很难有人会相信，在遥远宇宙的某个角落，一种比人类更高级但同样注定消逝的智慧生命，正热切地注视着我们这个星球，就像是人类通过显微镜观察水滴中的微生物世界一样，这些智慧生命正在仔细观察、研究着我们的一举一动。而在地球上，人类自得其乐，沉浸在自己的小世界中，像那些微生物一样，自认为是宇宙的主宰。当时人们从未真正考虑过宇宙深处的古老星球可能对人类构成的威胁，就算有所思考，也不过是一笑置之，认为它们不可能孕育出生命。有趣的是，当时人们普遍认为火星上可能存在生命，而且火星人可能期盼着地球人的造访。然而，在遥远的宇宙深处，那些生命的智慧远超我们，就像我们的智慧远超其他动物一样，那些强大、冷酷、无情的智慧生命，正虎视眈眈地注视着地球，并有条不紊地密谋着什么。到了二十世纪初，人类的幻想彻底破灭了。

众所周知，火星这颗绕太阳运行的行星，距离太阳约有 1.4 亿英里①，接收到的光和热仅是地球的一半。如果星云假说有一定根据，那么火星应该比地球更古老；在地球表面还是熔融状态的时候，火星上的生命可能就已经开始演化了。由于火星的体积仅为地球的七分之一，它能够在更短时间内冷却到适宜生命存在的温度。此外，火星上还拥有空气和水，以及所有其他维持生命所需的条件。

　　然而，人类总是自负至极，被自己的虚荣心蒙蔽。直到十九世纪末，也没人意识到火星可能孕育出了比地球更高级的智慧生命。更没有人意识到，火星比地球更古老，它的表面积却不及地球的四分之一且距离太阳更远，这意味着火星不仅比地球的历史更久远，也更年迈。

　　火星——我们的邻居，已长期深受降温过程的影响，这或许也是我们未来必须面对的命运。尽管我们对火星的物理状态知之甚少，但有一点可以肯定，即使在赤道地带，其中午时分的温度也比地球上冬季的最低温度还要低。火星的大气层更稀薄，海洋面积不断缩减，现今仅占地表的三分之一。季节变换缓慢，巨大的极地冰帽聚集，而后消融，慢慢淹没了温带地区。对我们而言，星球枯竭尚属遥远异梦，而对火星居民而言，

----

① 1 英里 ≈ 1.61 千米。

这场灾难已迫在眉睫。这种巨大的生存压力激发了火星人的智慧和潜能，也使它们变得更为坚韧。凭借先进的仪器和卓越的智慧，它们在太空中四处寻找，最终发现了距离火星最近时仅三千五百万英里的地球——一个充满活力和可能性的新世界。地球上更加温暖，绿意盎然，广阔的蓝灰色海洋覆盖着大地，透过飘浮的云层，隐约可以看见疆土广袤、人口繁密的国家和船只密布的狭长海域。

火星居民眼中的人类，可能就如同我们看待猴子一样，古怪而低级。有学者曾指出，生命就是一场无休止的生存竞争，对火星生命而言，这一点也同样适用。它们的星球正在走向生命的末期，而我们的星球充满了活力，上面还充斥着它们眼中的"低等生物"。对于火星人来说，向这颗距离太阳更近的星球发起战争，是它们唯一的生存之路，它们必须战斗，否则就只能等待消亡。

然而，在我们严厉批判火星人的行为之前，不妨回想一下，我们人类曾如何冷酷无情地对待自己的同胞和其他生物——例如已经灭绝的欧洲野牛和渡渡鸟。甚至与我们长相相似的塔斯马尼亚原住民，也在五十年前欧洲殖民者发起的灭绝战争中被彻底消灭。当火星人用同样的手段对待我们时，我们这群自诩仁慈的人类又有何资格去指责它们呢？

火星人的到来，显然是基于一种绝妙的精准计算，它们在数学领域的造诣远超我们的想象。火星人的准备工作近乎完美，如果我们的观测设备更为先进，或许早在十九世纪就能观察到这场危机。天文学家斯基亚帕雷利等人曾经观测过这颗红色的星球，但他们未能准确解读出那些精细勾勒的地标的波动（顺便一提，几个世纪以来，火星一直被视为战争之星，这本身就颇为不凡）。在那个时期，火星人无疑已在暗中策划着一切。

1894 年火星冲日[①]期间，天文学家们在火星表面观测到一道耀眼的光亮。首先是美国利克天文台发现了这一现象，接着是法国尼斯天文台的佩罗汀，随后其他观测者也观测到了这一现象。而英国读者最初是在 8 月 2 日出版的《自然》杂志上看到这个消息的。我猜想，这道光可能是火星人在火星上挖掘的巨大深坑中铸造那门大炮时发出的。从那个深坑中，火星人向我们发射了炮弹。在接下来的两次火星冲日期间，科学家们都在那一区域观察到了一些至今仍无法解释的奇特印记。

六年前，那场风暴突然降临。正值火星逼近冲日之际，来自爪哇岛的天文学家拉韦尔在天文信息交流中心发布了一则惊天大发现：12 日午夜，火星表面爆发出一团巨大的白热气体，拉韦尔立刻用分光镜进行观测，发现这股强大的火焰气流主要

---

① 一种天文现象，指的是火星、地球和太阳几乎排列成一条直线，地球位于太阳和火星之间。此时，火星与太阳的视黄经相差 180 度，火星被太阳照亮的一面完全朝向地球，因此看起来特别明亮，整夜可见。

由氢气构成，正以令人难以置信的速度向地球逼近。大约在午夜十二点十五分，这道耀眼的火焰流在夜空中消失。他对这一景象的描述格外生动逼真，形容其仿佛是火星突然喷射出了一团巨大火焰，就像"大炮喷射的熊熊火光"。

如今看来，这个比喻非常贴切。然而，次日，除了《每日电讯报》的一小段报道外，其他报纸几乎未对此事作出任何报道，导致全世界对这可能对人类构成巨大威胁的危机几乎一无所知。如果不是在奥特肖偶然遇到了著名天文学家奥格尔维，我可能也会错过这一火星喷发的消息。这一新闻让奥格尔维兴奋不已，情绪激动之下，他邀请我当晚与他一起深入观测那颗神秘的红色行星。

尽管后来发生了诸多事情，但那晚在天文台的经历仍历历在目：漆黑而寂静的天文台，角落里微弱的灯光在地板上摇曳，望远镜的机械装置的滴答声在黑暗中回响，屋顶的狭长开口像一扇深邃的窗户，外面是点缀着星辰的夜空。我虽然看不到奥格尔维，但他的脚步声在黑暗中回荡。透过望远镜，我看到了一片深蓝色的天空和那颗小小的行星，它悠然飘浮，如此微小，又如此明亮，表面有不显眼的横向纹路，形状略微扁平。它看起来如此微小，散发着温暖的银色光芒，宛如一颗亮亮闪闪的大头针尖。它似乎在颤动，但实际上那是望远镜随着机械装置的振动在调整位置，以确保我们始终可以看到它。

看的时间久了，我的眼睛累了，所以看着它时大时小、忽远忽近。它在离我们有四千万英里——甚至是远超四千万英里的空虚深渊。很少有人真正意识到物质宇宙尘埃所在的那片浩瀚虚空是多么广阔。

在视野的边缘，我隐约看到三点微弱的光芒，通过望远镜看去，是三颗遥不可及的星星，周围被无尽的虚空黑暗包围。你知道在寒冷的只能看到星星的夜晚，那黑暗是多么的深邃。透过望远镜，这种深邃更加明显。那个将给地球带来无数斗争、灾难和死亡的东西，正在以每分钟数千英里的速度朝我们逼近，而它太遥远、太微小了，我并没有注意到它。那时，我正全神贯注地观察着望远镜中的星空，从未想到——世界上也没有人能预见到，这实际上是一颗朝我们精准发射的导弹。

那晚，火星又发生了一次气体喷射。这一次我亲眼看到了。在午夜钟声敲响时，火星边缘出现了一抹微弱的红光，轮廓逐渐显现出来；我喊奥格尔维过来接替我的位置。那天晚上很暖和，我有些渴了，便站起来活动了一下腿，摸索着前往放水瓶的小桌子。此时，奥格尔维正注视着那团冲向我们的气体流，不禁惊呼出声。

那一晚，另一枚难以观测到的导弹从火星射向地球，与第一枚的发射时间相隔二十四小时（差一秒钟左右）。我对那一刻记忆犹新，当时我坐在桌边，四周一片漆黑，绿色和深红色的亮光在眼前闪烁。我那时候只想点灯，抽根烟，哪会细想那些亮光的意义，更不会料想到它们将带来的一切。奥格尔维继续观察着直到凌晨一点，然后我们结束了观测，点亮了灯，回到了房子里。在这片黑暗下，奥特肖和彻特西的数百居民都在熟睡。

那晚，奥格尔维对火星上的状况做了种种猜测。在他看来，那些认为火星居民正在向我们发出信号的想法，是庸俗且荒谬的。他猜想，可能是大量陨石正坠落在火星上，或者火星上正在发生一场巨大的火山喷发。他告诉我，在两个相邻星球上采取相同的方式进行有机进化的可能性几乎为零。

"火星上出现类人生物的概率大概是百万分之一。"他说。

那夜和之后的几个晚上，数百名观测者在午夜时分目睹了火星的火焰喷发，这样的景象连续出现了十晚，每晚都有一次。至于为何这些喷发现象在第十夜后戛然而止，似乎没人关心。或许是因为导弹发射产生的气体给火星居民造成了困扰吧。通过那时最先进的望远镜可以看到，火星大气中弥漫着浓密的烟尘。从地球上看去，这些烟尘是灰蒙蒙的，不断变幻的斑点掩盖了人们所熟悉的火星面貌。

当火星上的火山爆发成为焦点时，即便是日常纸媒也开始关注此事。各类报纸争相报道，知名的幽默讽刺刊物《笨趣》杂志更是巧妙地将此事融入政治漫画中。与此同时，那些火星向我们发射的导弹，正悄无声息地穿越浩瀚太空，以每秒数英里的速度向地球逼近，每一天，每一秒，它们都在悄然接近。回想起来，那时的我们，面对如此临近的威胁，竟然还沉浸在日常琐事中，这实在令人难以置信。我还记得，当马卡姆为他那些天来编辑的画报找到一张新的火星照片时，是多么欣喜若狂。如今的人们或许难以理解十九世纪的报纸内容之丰富、思想之进取。而我当时正专心学习骑自行车，同时忙于撰写一系列论文，探讨随着文明进步，道德观念可能出现的演变。

一天晚上，我与妻子出门散步，那时候第一枚导弹离我们已不足一千万英里。那晚的星空格外清晰，我给妻子讲了十二星座的标志，并把火星指给她看——那颗正逐渐升向天顶的明亮光点，此时无数望远镜正对准了它。那是个温暖的夜晚，回家路上，我们遇到了一群不知道是从彻特西还是艾尔沃思来的游客，他们边走边唱，歌声在夜空中飘扬。各家都准备睡了，家家户户的高楼窗口中透出温暖的灯光。远处火车站传来列车调度的声响，铃声与轰鸣声交织在一起，在夜色中仿佛化为一曲旋律。妻子抬手指着太空，让我看那些红色、绿色和黄色的信号光。此时此刻，一切似乎都是如此的安详与宁静。

第二章　天外来客

　　某天夜里，第一颗流星终于降落了。清晨，它在温切斯特上空急速向东飞去，划出一道耀眼的火光，成千上万的人都看到了这一幕。大多数人以为它不过是一颗普通的流星。阿尔宾回忆说，流星身后留下了一道绿色的光迹，闪烁了几秒钟。陨石领域的泰斗丹尼指出，这颗流星初现时的高度约在九十至一百英里，他推测它最终落在了离他以东约一百英里的地方。

　　那时，我正在家中书房里写作；尽管书房的落地窗朝向奥特肖，遮光帘也没有拉下来（因为那时我喜欢凝望夜空），但是我却什么都没看到。这个神秘的天外来客，很可能就在我伏案写作的那一刻坠落，只要我抬头，就能看到它飞掠而过。据说，流星飞行时发出了嘶嘶声，然而我也未曾听见。伯克郡、萨里和米德尔塞克斯的许多居民应该看到了它的坠落，但他们大多数可能只当它是普通的陨石。那个夜晚，似乎没人去探寻那坠落的巨物究竟是何方神圣。

可怜的奥格尔维一大早就起床了，前一晚他亲眼看到了那颗流星，他坚信陨石落在了霍塞尔、奥特肖与沃金之间的公地上，他希望能尽早找到那颗陨石。天刚破晓，他就在沙坑附近发现了它。陨石撞击地面造成了一个巨大的坑洞，沙石四处飞溅，形成了一个巨大的沙堆，即使是一英里半之外也能看得清清楚楚。东侧的石楠灌木丛也被点燃了，淡蓝色的烟雾在清晨的阳光里缓缓升起。

这个物体几乎完全被沙子掩埋了，一棵杉树在这巨大的震动中变成了碎片，散落在它的四周。露出的部分像一个巨大的圆筒，表面覆盖着一层灰褐色的厚重鳞状硬壳，轮廓也因此变得不那么明晰。从外观上看，它的直径大约有三十码①。当奥格尔维走近时，它那巨大的体积和奇异的形状，让他惊叹不已——因为大多数陨石都近乎是圆形的。然而，由于穿越大气层的高速飞行，此时它仍然炙热难近。但奥格尔维听到它的内部传来了一些搅动声，当时他以为这是其表面冷却不均所造成的，没想到这声音其实来自它中空的内部。

他站在那个物体砸出的坑边，端详着它的怪样，这不寻常的形状和颜色让他震惊，与此同时，他隐约感觉到它的降落过程似乎有某种预先设计的迹象。清晨异常宁静，太阳刚刚从通

---

① 1 码 = 0.9144 米。

往韦布里奇方向的松树林上方升起，已经有些暖意。他记得那天早上好像没有听到鸟鸣声，周围也无风声，只有那个烧得焦黑的圆筒内部传来的微弱响动。他独自一人站在公地上，沉浸在这神秘的发现中。

然后，他突然注意到，陨石边缘覆盖的灰色焦壳正大片大片地脱落，像雪片似的落在沙地上，发出尖锐的声响，吓得他心跳加速。

那一瞬间，他没意识到发生了什么，尽管周围热浪逼人，出于好奇，他还是爬进坑里，贴近那沉甸甸的庞然大物，想要看得更清楚些。他最初以为这可能是物体冷却所致，但这个想法很快被推翻了，因为灰烬只从圆筒的一端脱落。

接着，他注意到圆筒的圆形顶部正在非常缓慢地旋转，这个动作太微小了，很难察觉到。如果不是发现五分钟前靠近他的一个黑色标记现在已经移动到了圆周的另一边，他肯定注意不到这一点。即便此时，他还是不明白这意味着什么，直到他听到一阵沉闷的摩擦声，随即看到那黑色标记向前突然移动了一英寸左右。这时，他才恍然大悟。这个圆筒是人造的，中间是空心的，顶部可以旋开！圆筒内部有东西在旋开顶部！"天哪！"奥格尔维惊呼，"里面有人——可能不止一个！它们快被烤死了！正在想办法逃生！"

猛然间，他萌生了一个念头，将这个不明物体与火星上的闪光联系起来。转而想到被困在里面的生物，一阵恐惧袭上心头，他顾不上高温，冲向圆筒想帮忙打开盖子。还好圆筒发出的热辐射让他停住了脚步，否则圆筒炽热的金属表面肯定会把他的手给烫伤。他在那里犹豫了片刻，然后转身爬出坑，向沃金方向跑去。那时大约是早上六点。他在路上遇到了一个马车夫，于是努力解释，想让车夫明白他刚才所看到的一切，但听了他荒诞的描述，看着他狼狈的样子——他的帽子还落在了坑里——马车夫并没有理会他，而是继续驾车走了。在霍塞尔桥旁，他碰到了正在开门的酒保，酒保听了他的话，认为他可能是从哪里跑来的疯子，甚至想把他拉进酒馆里，好让他稍微清醒一点。然后，他看到了伦敦记者亨德森，那时亨德森正在自家花园里忙活，他在栅栏外喊着，想试试亨德森能不能理解他说的。

"亨德森，"他喊道，"昨晚你看到那颗流星了吗？"

"嗯？"亨德森问，"怎么了？"

"现在它就在霍塞尔公地上。"

"天哪！"亨德森惊呼，"陨石落地！太不可思议了。"

"但它不是普通的陨石。它是个圆筒，对！一个人造圆筒，里头有东西。"

亨德森手持铁锹站了起来。

"你说什么？"他问道。他有一只耳朵是聋的。

奥格尔维向他讲述了自己刚才经历的一切，亨德森听后过了几分钟才回过神来。他随即放下铁锹，抓起夹克，立刻和亨德森一起赶回公地。他们发现圆筒仍然在原来的位置。但现在里面的声音已经停止，圆筒的顶部和主体之间露出了一圈细细的亮金属。空气从这个缝隙中流过，发出微弱的嘶嘶声，可能是里头的空气跑出来了，也可能是外头的空气灌进去了。

两人用树枝轻敲着烧焦的鳞片状金属，专心听着圆筒内部的声响，却没有任何回应。他们猜想，圆筒内的人（或许不止一个）可能已经失去意识或死去。显然，他们俩也束手无策，只能在圆筒外喊几句安慰的话，然后又回到镇上求助。此时，可以想象，街道上各家商店都在忙着准备开门营业，人们刚刚起床，打开窗户，感受着清晨的空气和阳光。而他们两人浑身沾满了泥土，在大街上兴奋地奔跑。亨德森立即赶到火车站，准备把这个新闻用电报发到伦敦。人们已经看过之前那些关于陨石的报道，应该对此事有一定的心理准备。

到了早上八点，一些孩子和无所事事的大人们已经开始聚集到公地上，想要一睹那些"火星人"的尸体。故事就这样开始传播开来。我在早上八点四十五分出门去拿《每日纪事报》时，才从报童那里听说这个消息。我惊讶万分，一刻不停地穿过奥特肖桥，直奔沙坑。

第三章　霍塞尔公地奇遇

我到那儿时，已经有大概二十个人围在那个圆筒砸出的巨坑边上了。我之前已经描述过那个庞然大物嵌入地面的样子，这里就不再赘述了。圆筒周围的草皮和碎石似乎被瞬间的爆炸烧焦了，如此巨大的撞击肯定引发了大火。亨德森和奥格尔维都不在那里。我想他们可能是觉得现在什么都做不了，便到亨德森家吃早餐去了。

四五个孩子坐在沙坑边，脚垂在坑边晃来晃去，一直朝着圆筒扔小石子玩，我出言制止后，他们才停手。然后，他们就开始在围观人群中来回穿梭，玩起了"碰到就跑"的游戏。

在围观者中，有两个骑自行车的人，一个曾为我家工作过的园艺工人，一个抱着婴儿的女孩，以及肉铺老板格雷格和他的小儿子，还有两三个常常在火车站周围游荡的闲人和高尔夫球童。大家基本上都没说话。那个时代，英国的普通民众对天文学知识知之甚少。他们大多数人都静静地望着圆筒的那一端。

那个大平台似的部分，还保持着奥格尔维和亨德森离开时的状态。我猜，那些期待看到一堆焦黑尸体的人，在看到这个静止的巨大物体时，肯定会感到失望。有些人见状离开了，也有一些人闻讯赶来。我爬进坑里，感到脚下似乎有微弱的动静。圆筒顶部显然已经不转了。

直到我近距离观察这个物体，才发现它的奇异之处。乍一看，它还不如一辆翻倒的马车或一棵横在路上的树更引人注目。实际上，它甚至看起来更加普通，就像一个生锈的气体浮球。只有具备一定科学知识的人，才能意识到这个物体表面的灰色鳞状物不是普通的氧化物。在盖子和圆筒之间的缝隙中，闪烁的黄白色金属散发出一种不同寻常的光泽。对于大多数围观者来说，"外星"的概念仍然过于陌生。

那时，我心里非常清楚，这个物体肯定是来自火星的，但我认为它里面不太可能有活的生物存在。我猜想盖子可能是自动打开的。尽管奥格尔维不认同，但我仍旧坚信火星上存在着生命。我幻想着，这圆筒里可能有一些手稿，思考着其中可能出现的翻译难题，好奇我们是否能在里面找到硬币或模型之类的东西。然而，这个圆筒的体积太大了，我的推测可能不太能成立。我急切地想要看到它被打开。大约十一点钟，依然没有什么动静，于是我离开了，朝我在梅伯里的家走去，一路上都在思考与这个东西有关的事情。但只是凭空想象，太过抽象，也毫无进展。

到了下午，形势已经发生了很大的变化。提前发行的晚报纷纷对此进行了报道，消息震惊了整个伦敦，头版巨大的标题一个比一个惊人：

火星发来讯息

沃金传来惊天奇闻

诸如此类。此外，奥格尔维向天文信息交流中心发的电报也让英伦三岛上的每个天文台兴奋不已。

沙坑附近的路上停放着好几辆来自沃金站的马车，包括一辆来自乔巴姆的篮椅马车和一辆相当气派的马车。此外，还有一大堆自行车。即便是在这种酷热的天气下，还是有很多人从沃金和彻特西走了过来，其中还有一两位穿着艳丽的贵妇。天空晴朗，烈日炎炎，没有一片云彩，也无风吹拂，唯一的阴凉来自星星点点的几棵松树。虽然石楠丛的明火已被扑灭，但朝向奥特肖的平地一片焦黑，远远望去，依然直冒黑烟。一位在乔巴姆路上经营甜食生意的小贩，派出他的儿子推着一车装满绿苹果和姜汁啤酒的手推车来兜售。

我走到坑边，看到大概有六七个人在那里——亨德森、奥格尔维，还有一个高个子金发男子，后来我知道他是皇家天文学家斯滕特，他们与几个挥舞着锹镐的工人在一起。斯滕特站在圆筒上，大声地指挥着，此时圆筒的温度显然已经降下来了。他的脸涨得通红，汗水淋漓，显然有些事情让他很是恼火。

圆筒的大部分已经被挖掘出来，但它的底部仍然埋在地下。奥格尔维在坑边看到我后，叫我也下去，问我要不要见见希尔顿勋爵，他是这块地的主人。

他说，看热闹的人越来越多，尤其是那些小孩子们，严重妨碍了他们的挖掘工作。他们想在周围搭建一个临时的防护栅栏，以阻止人们靠近沙坑。他说，现在偶尔仍能在圆筒内听到微弱的动静，但工人们没办法打开圆筒顶部，因为上面没有任何可以抓住旋转的东西。而且圆筒的筒壁看着很厚实，所以我们在圆筒外听到的微弱声音，在内部可能就是巨响。

我很乐意帮忙，也有幸成为围栏内的"特权观众"之一。我在希尔顿勋爵的住处没找到他，但有人告诉我，六点钟他将乘坐自滑铁卢站发出的火车从伦敦回来；当时大约是五点一刻，于是我先回家喝了些茶，然后步行前往车站等他。

第四章　圆筒开启

当我回到公地时，太阳已悄悄西沉。人们三三两两地从沃金那边赶来，也有少数人在往回走。沙坑边围着的人更多了，黑压压的人群在柠檬黄的天空下格外显眼，看着大概有两百人。人群变得异常嘈杂，好像是起了什么争执。我脑中闪过种种奇怪的画面。当我走近时，我听到斯滕特在人群中嘶哑地喊道：

"退后！快退后！"

一个男孩慌慌张张地朝我跑来，边跑边喊。

"它在动，它在慢慢往外转！太可怕了，我得回家，事不宜迟！就现在！"

我继续向人群走去，那里的两三百人互相推搡着挤来挤去，一些女士也奋力挤过去，毫不示弱。

"有人掉进坑里了！"有人喊道。

"退后！"几个人大喊。

人群稍微散开了些，我用手肘拨开人群往前挤着。此时每个人似乎都非常兴奋，我听到坑里传来一种奇异的嗡嗡声。

"喂！"奥格尔维喊道，"挡住这群疯子。我们不知道那该死的东西里面装的是什么！"

我看到了那个年轻人，好像是沃金一家店里的伙计，他正站在圆筒上，努力从坑里爬出来。正是人群把他推了下去。

圆筒的一端正从里面被旋出，有一个大约两英尺的螺旋露了出来，闪着微光。有人不小心撞到我，我险些被推到螺旋的顶端。我转过身，就在那时，螺旋应该已经完全旋出来了，圆筒的盖子落在沙地上发出响亮的哐当声。我用手肘撞了撞身后的人，又转过头看那个东西。一时之间，圆筒内一片漆黑，夕阳晃得我几乎睁不开眼。

我想，大家都在期待一个人形生物的出现——它可能在某种程度上不同于我们地球人，但基本上还维持着人形。至少我是这么希望的。看着看着，我突然看到阴影中有东西在动：灰色的、波浪般的运动，一层叠着一层；接着是两个发光的圆盘，像眼睛一样。紧接着，一种像小灰蛇的生物，大约有手杖粗细，从中间扭曲着卷起，向我的方向蠕动——接着又是一个。

我不禁倒吸一口凉气。我身后传来了一个女人的尖叫声，我仍紧盯着那个圆筒，从中又伸出了更多的触须，我开始朝沙坑边缘退去。周围人已经从开始的惊讶变成了恐惧，人们在一片惊呼声中连连后退。那个店家伙计依然在沙坑边挣扎。我被吓得呆立当场，沙坑另一侧的人群四散奔逃，斯滕特也在其中。我再次看向那个圆筒，无法抑制的恐惧瞬间席卷全身。我一动不动地呆站在原地，看着它。

一个庞大的灰色圆形巨物，体积与熊相当，正在圆筒中缓慢而痛苦地挣扎着。慢慢地有光照到它了，只见它表面宛如湿润的皮革，泛着幽幽的光泽。

两只大大的深色眼睛直勾勾地盯着我。眼睛所在的那部分是圆的，可能是它的头。也可以说，它长着一张脸，眼睛下面有一张嘴，没有嘴唇，嘴巴上下不停地颤动着，喘息声不断，唾液不停地滴落。它的全身都在剧烈地颤动着。一个细长的如同触须一样的东西抓住了圆筒的边缘，另一个则在空中摇摆。

那些从未见过火星人的人，几乎难以想象它是何等怪异和恐怖的存在。奇异的 V 形嘴巴，上唇尖锐，下唇呈楔形，没有眉骨，没有下巴，嘴巴不断地颤抖着，长长的触须就像蛇发女怪的头发。身处陌生空气中的它，正大口大口地喘着粗气。由于它在地球上受到的重力远比在火星上大得多，它硕大的身形行动起来显得沉重而痛苦。尤其是那双巨大的眼睛中闪烁着令人毛骨悚然的光芒，给人一种精力旺盛、暴力、非人类、残缺且怪异的感觉。那油亮的棕色皮肤上，好像长着真菌一样的东西，它那向前缓慢挪动的笨拙模样让人觉得极为不适。即使是第一次遇到，我只是瞥见一眼，心中也立马感到厌恶和恐惧。

突然，怪物消失了。它从圆筒的边缘跌进沙坑里，砰的一声，就像是一大块皮革摔在地上，发出一种奇怪的闷响声。然后，圆筒的阴影里又出现了另外一只类似的生物。

我转身疯狂地跑向离我最近的树丛，大概有一百码远；我一边跌跌撞撞地往前跑，一边回头看那些怪物。

终于，我停在了几棵小松树和灌木丛旁，大口喘着粗气，观察着那边的情况。沙坑附近零零散散地站着一些围观的人，他们和我一样，既害怕又兴奋地盯着那些怪物，或者更确切地说，是盯着坑边的沙堆。接着，我看到一个圆形的黑色物体在坑边上下跳动，恐惧再次涌上心头。那应该是刚才掉进沙坑的那个家伙的头，但在此时火红的夕阳下，它看起来就像一个小黑点。它试图抬起肩膀和膝盖，但似乎又滑了回去，现在只能看到它的头了。突然间，它消失了，我甚至能听到它微弱的尖叫声。有一瞬间，我甚至想冲回去救它，但是我太害怕了。

接下来发生了什么我们无从得知，我们的视线被深坑和圆筒坠落时形成的沙堆遮住了。在场的从乔巴姆或是沃金赶来的人们，无一不感到震惊。现场留下来的大约有一百人，藏在沟渠中、灌木丛后、门后和树篱后，形成了一个不规则的大圈，几乎没人说话，除了偶尔因为恐惧而发出的几声呼喊，所有人都静静地盯着那边的沙堆。装满姜汁啤酒的手推车被遗弃在一旁，黑色的轮廓映衬着燃烧的天空，显得格外突兀。而在沙坑边，一排被遗弃的车辆横七竖八地停着，马匹有的在吃饲料袋里的草料，有的则不安地用蹄子刨着地面。

第五章　热射线

　　自从我瞥见火星人从圆筒里出来、踏上地球的那一刻起，一种无法名状的魔力就似乎束缚了我的行动。我站在齐膝的石楠丛后面，注视着挡住它们的沙堆，心中充满了恐惧和好奇。

　　我不敢再靠近那个坑洞，但内心却充满了渴望窥探它的强烈欲望。因此，我慢慢绕大圈向那边缓缓移动，试图找到一个视野更好的观测点，一边走一边紧盯着那些遮挡着外星来客的沙堆。突然，一串细如黑色鞭子的物体，宛如章鱼的触手，在夕阳的映衬下一闪而过，随即又迅速收回。接着，一根细长的杆子升起，一节接着一节，顶端带着一个不停摇晃的圆盘在空中旋转。那里到底正在发生什么呢？

　　围观的人们渐渐聚在一起，形成了两个小群体——一小群人朝向沃金方向，另一群人则朝向乔巴姆方向。看来他们也和我一样，既兴奋又害怕。我旁边没什么人，不远处倒是站着一个男人，我走近想和他搭话，才发现他是我的一个邻居，只是

25

我不知道他的名字。但在这种紧张的氛围中，清晰地表达变成了一件难事。

"这个怪物好丑！"他说。"天啊！这个怪物好丑！"他不断地重复着这句话。

"你看到坑里有个人吗？"我问道。但他没有回应。我们都没再说话，只是静静地站在一起看了一会儿。此刻，身边有个人确实让我感到些许安心。然后，我往更高的地方走去，站在一个大约一码高的小丘上。当我回头看他时，发现他已经朝着沃金方向走去了。

日落后，天色逐渐暗淡，此时依然没有什么动静。远处朝向沃金方向的人群似乎越来越多，隐约能听到那边传来的窸窸窣窣的人声。而朝乔巴姆方向的那群人慢慢散去了。沙坑那里也没有传出任何声音。

正因为这样，人们渐渐胆子大了起来，那些刚从沃金赶来的人们更让围观的人群信心倍增。随着夜幕降临，沙坑那边的圆筒似乎没有什么动静，人们开始慢慢地、三五成群地朝沙坑移动，走走停停，一边观察一边前进，彼此之间分散开来，形成了一个围绕沙坑的半圆形队伍。我也开始朝沙坑的方向移动。

接着，我看到几个马车夫和一些人壮着胆子走近沙坑，耳边传来马蹄和车轮摩擦的声音，其中还有一个男孩推着一车苹果过来卖。我注意到，在距离沙坑大约三十码的地方，一小群人从霍塞尔方向赶来，黑压压的一片，为首的人挥舞着一面白旗。

这应该算是人类派出的代表团。草草商量后，他们决定向那些虽形态奇异但显然富有智慧的火星生物展示友好的姿态。他们计划通过发出信号的方式，接近火星人，表明人类同样拥有超高的智慧。

领头的人挥动着白旗，先是向右摆动，接着又向左摆动。离得太远了，我看不清那些人究竟是谁，后来我才知道，奥格尔维、斯滕特和亨德森也在这个代表团之中。随着这个小队的前进，原本几近封闭的人群圆圈仿佛在内部的牵引力下逐渐缩小，几个模糊的黑色身影在保持着安全距离的同时紧随其后。

突然，一束刺眼的光芒划破黑暗，三股绿色的神秘烟雾从坑口狂涌而出，宛如龙卷风般接连不断地冲上静谧的夜空。

这股烟雾（或许称其为"火焰"更为贴切）非常明亮，以至于头顶上深蓝色的天空和朝向彻特西方向那些笼罩在薄雾中的棕色荒原——上面点缀着黑色的松树——在这些绿色烟雾升腾而起时好像瞬间被吞噬，变得昏暗而沉重。而且即使烟团散去后，依然保持着那种昏暗。与此同时，一种微弱但尖锐的嘶嘶声在耳边响起。

坑口边，那群举起白旗的人呆若木鸡，被这光影的变幻所震撼，黑色的人影投在黑色的地面上，小小的一排。在绿色烟雾升起的一刹那，他们惊骇的脸色被绿色的光影浸染，而当烟雾消散时，他们再次消失在夜色中。接着，那微弱的嘶嘶声开始逐渐转变为嗡嗡声，继而演变成一种持续而强烈的低鸣。渐渐地，一个犹如小山丘的物体从坑中浮现出来，似乎有一束幽魂般的光从中闪现。

接着，真正的火焰闪现，明亮的火光在人群中蹿跃，好像是某种看不见的射线打在他们身上，燃起炙热的白色火焰。瞬间，好像每个人都被火焰包裹着。

在死亡之光中，我看见他们摇摇晃晃地倒下，原本的人群也四处逃窜。

我怔怔地看着这一幕，还没意识到死亡正在我面前吞噬着一个又一个生命，只是觉得这真是太离奇了。一道近乎无声且刺眼的光芒闪过，一个人一头栽下，一动不动；一阵看不见的热浪在上空随风飘过，松树林瞬间化为火海，每一簇干燥的石楠都在一阵低沉的爆炸声中变成了巨大的火球。远远地，在克纳普山的方向，我看见树木、篱笆和木建筑也突然燃起了大火。

这熊熊燃烧的死亡之火，这无形的、无可避免的热浪之剑，迅速向四周蔓延开来。直到我附近的灌木丛逐渐燃烧起来，我才发觉它距离我越来越近了，我被吓得愣在原地，无法动弹。我听到沙坑中噼啪的燃烧声，马儿惊恐地嘶鸣，随即又戛然而止。然后，就好像有一根无形且炽热的手指从我和火星人之间的石楠丛中划过，沿着沙坑画出一条蜿蜒的曲线，所及之处，黑色的大地冒着烟雾，巨大的噼啪声令人毛骨悚然。在远方的左侧，从沃金车站通向公地的方向，不知道什么东西突然落下，发出巨大的撞击声。随即，嘶嘶声和嗡嗡声停止了，那个黑色的、类似穹顶的物体缓缓地沉入坑中，逐渐消失在视线中。

这一切发生得太突然了，我吓傻了，眼前的一切让我目眩神迷，一时之间我感到被死亡所环绕。如果那股死亡之浪真的席卷了整个区域，它必将在惊愕中夺走我的生命。但它擦身而过，放过了我，此时，周遭的夜晚骤然变得幽暗而陌生。

起伏的公地蒙上了一片深黑色，只能依稀看到在深蓝色的天空下，几条道路泛着暗淡的灰白色的光。四周笼罩在黑暗中，人影尽数散去。漫天的星星正在聚集，而西方的天空仍旧明亮，近乎青蓝色。黑暗中，松树的顶端和霍塞尔的屋顶在西方的余晖中显得锋利而深邃。那些火星生物和它们的装备都不见了，只剩下那根细细的桅杆上忽闪忽闪的反射镜。周围的灌木丛和那些零星的树木还在冒烟，闪烁着微弱的火光。而远处沃金车站方向的房屋上燃烧的大火直刺夜空。

除了这一切和那无法形容的惊骇之外，一切似乎都未曾改变。那支挥舞白旗的队伍早已消失无踪。

在这片沉寂的黑暗荒野中，我猛然意识到了自己孤立无援，毫无保护可言。忽然，恐惧如影般悄无声息地笼罩了我。我迅速转身，在石楠丛中踉跄地奔跑。

我感受到的恐惧并非出于理智，而是一种对火星人、对四周渐暗的黄昏和死一般的寂静的恐慌。这种恐慌让我无法保持理智，我像个孩子一样边跑边哭，我不敢再回头看，只能一直跑着。

我清楚地记得，我有一种奇怪的预感，仿佛自己正在被戏弄。我似乎能感觉到，只要我即将达到安全的边缘，那种神秘而迅速的死亡之火——如光速般迅猛——会从那沙坑中跃出，紧随其后，将我击倒。

第六章　热射屠戮

让人惊叹的是，火星人如何能够迅速、悄无声息地夺走人类的性命，这至今仍是个谜团。许多人认为，或许火星人能够在一种近乎绝缘的空腔中产生高强度的热能。这股灼热的能量通过一个抛光的抛物面反射镜（成分未知），就像灯塔一样，将光束投射出来，聚焦成一道平行光束，灼烧它们选择的目标。然而，迄今为止，没有人能够完全证实这些细节。不过可以确定的是，热光束是关键。它是一种无形的热量，而非可见的光线。一旦任何可燃物质接触到这束光线，就会立即燃烧起来。在这束光线的灼烧下，铅会像液体一样流动，铁会像棉花一样软化，玻璃会破裂熔化，甚至光束照射到水面上时，水也会瞬间爆炸化为蒸汽。

那晚，大约四十个人倒在夜空下的沙坑边，他们被烧焦了，已经无法辨认。整个晚上，从霍塞尔到梅伯里的平原火光冲天，被烧得空无一物。

这场惨绝人寰的大屠杀一时间传遍了乔巴姆、沃金和奥特肖。悲剧发生时，沃金的商店都已经打烊了，一些人，包括店员等，都闻讯沿着霍塞尔桥，顺着树篱簇拥的路走向公地。你可以想象，那些辛劳了一天后整装出门的年轻人，把这件新鲜事当作由头，结伴散步，享受轻松的调情时刻。甚至能听到那晚暮色之中，道路两旁充斥着低声交谈的嘈杂声……

尽管当时沃金的大部分居民还不知道圆筒已经打开，而亨德森已经派人骑车去邮局，给一家晚报发了一份特别电报。

等这些人成双成对地出现在这里时，他们看到一些人正紧盯着沙坑上那面摇摆的镜子，激烈地讨论着什么。很快，这些新来的人就加入了这场讨论。

到了八点半，代表团被杀害时，这个地方可能聚集了三百人甚至更多，其中还不包括那些已经在沙坑边的人。人群中还有三名警察，其中一名骑马的，他们在斯滕特的指挥下，努力阻止围观人群靠近圆筒。那些轻率、喜欢凑热闹的人在人群中发出一阵阵嘘声，对他们来说，只要有人群聚集，就是制造喧哗和恶作剧的好时机。

斯滕特和奥格尔维预见到可能发生的冲突，所以火星人一露面，他们立刻从霍塞尔向兵营发出了电报，请求一队士兵前来保护这些神秘生物，以免其遭暴力伤害。发完电报后，他们便返回组织那次命运多舛的前进行动。关于代表团的死亡经过，人群的讲述和我的记忆并无二致：那三股绿色的烟雾、低沉的嗡嗡声以及火焰的闪光。

那群人的逃生之路，远比我经历的要凶险。幸亏有一堆长满石楠草的沙丘挡住了热射线的下半部分，他们才得以幸存。如果抛物面镜的高度再高几码，就没有人能活着讲述这一切了。他们亲眼看到了闪光，看到了人们倒地，看到仿佛有一只无形的手在黄昏中急速穿行，点燃了灌木丛。紧接着，一声比沙坑中的嗡嗡声还要尖锐的尖啸声响起，光束紧贴着他们的头顶掠过，照亮了路边的山毛榉树顶部，将砖块劈开，打碎窗户，点燃窗框，附近房子的山墙轰然坍塌。

被点燃的树木发出沉重的轰鸣声和嘶嘶声，耀眼的火光划破黑暗，惊慌的人群似乎一时间动弹不得。火星和燃烧的树枝纷纷落在道路上，树叶像火焰一样飘散下来。有些人的帽子着火了，有些人的衣服也被点燃。紧接着，一声尖叫响起，随后是一系列的惨叫和呼喊声，突然，一名骑警惊恐地穿越混乱的人群，双手抱头，尖叫着疾驰而过。

"它们来了！"一名女子尖叫道，人群顿时陷入一片混乱，每个人都在转身，推挤着后面的人，试图为自己开辟出一条通往沃金的逃生之路。他们盲目地狂奔，宛如一群惊慌失措的羊。在夜色中，狭窄的路段上，人群拥挤不堪，绝望地挣扎着。但并不是所有人都能逃脱，至少有三个人，两个女人和一个小男孩，在人群的拥挤中被踩倒，最终在恐惧和黑暗中丧生。

第七章　惊魂归家

在我的记忆中，关于逃跑的过程，我只能回忆起在树木间不断地碰撞，以及在石楠丛中蹒跚的场景。周围笼罩着火星人带来的无形恐惧。那把无情的热能之剑似乎在我头顶盘旋，翻腾着，随时都会俯冲下来，将我一剑斩杀。我最终跑到了那条通往十字路口和霍塞尔的小道，沿着这条路向十字路口跑去。

我终于力竭，没办法再跑下去了。恐惧和疲累耗尽了我所有的力气，我踉跄着跌倒在路边。附近有一座通往煤气厂的运河桥。我累得瘫倒在那儿，一动不动。

我在那儿躺了好一会儿。

我艰难地坐起来，脑子一片混乱。一时之间，我甚至回想不起自己是如何来到这里的。笼罩着我的恐惧感如同褪去的外衣一般消散了。我的帽子不翼而飞，衣领也从扣子处破裂。就在刚才，我面前还只有三样真实的东西——夜空的浩瀚、宇宙的广阔、自然的伟大，我自身的渺小与痛苦，以及迫近的死亡。

而现在，就好像有什么东西翻转了过来，我的视角突然改变了，这种转变甚至毫无规律可言。突然间，我又变成了平日里的样子——一个体面的普通市民。那寂静的旷野、我逃跑时的冲动、熊熊燃烧的火焰，似乎都成了梦中的幻象。我自问，这些事情真的发生过吗？我几乎不敢相信。

我颤巍巍地站起来，沿着桥的陡坡缓缓行走。我的心中充满了惊讶和茫然，我的肌肉和神经中的力量似乎已被彻底抽干。我摇摇晃晃地走，就像一个醉汉。桥头出现了一个身影，一个提着篮子的工人，旁边是一个小男孩。他们从我身边经过，向我道了晚安。我本想与他们说话，但还是没有开口。我咕哝几声以作回应，随后继续朝桥那边走去。

梅伯里拱桥上方，一列火车呼啸而过——滚滚的白色烟雾中透着火光，一节节车厢灯火明亮，向南飞驰而去——哐当哐当，随后消失在夜色中。在被称为"东方露台"的那排别致的小屋门口，隐约可以看到几个人在交谈。这一切都显得如此真实、如此熟悉。而我身后所发生的事，却是如此狂乱、如此荒诞！我在心里对自己说，这些事情不可能是真的。

或许我是一个情绪特别多变的人。我不知道这种体验对别人来说是否常见。有时，我会感到自己与周围世界完全分离，这种感觉非常奇妙；我好似从外界、从某个不可思议的远方，在脱离了时间、空间以及所有的压力和悲剧之外，看着这一切。那天晚上，这种感觉异常强烈。这就是我梦境的另一面。

但问题是，这种宁静与难以防备的死亡之间，仅有两英里的距离。煤气厂那边传来了忙碌的声音，灯都点亮了。我停下脚步，走向那群人。

"公地那边有什么新消息吗？"我问。

大门口站着两个男人和一个女人。

"啊？"一个男人转过身来问。

"公地那边有什么新消息吗？"我又问了一遍。

"你不是刚从那儿来吗？"男人反问。

"大家都在谈论公地的事情，真是无聊透顶，"大门边的女人说，"那儿到底咋了？"

"你没听说火星人吗？"我问道，"就是那些从火星来的生物？"

"听得够多了，"女人说，"可真是谢谢了！"三个人都笑了起来。

我感到既尴尬又愤怒。我试图告诉他们我的所见所闻，却发现自己说不出口。听到我语无伦次地讲着，他们又笑了起来。

"其他人也会这么说的。"我说完继续朝家里走去。

出现在家门口时，我狼狈的样子吓了妻子一大跳，我看上去非常憔悴。我走进餐厅，坐下来，喝了一点葡萄酒，心情稍微平复了一点，然后把我经历的所有事情都讲给她听。这时，妻子已经把冷盘晚餐端上桌了，但我根本顾不上吃。

"有一点你不用担心，"我说，我想减轻妻子的恐惧，"它们移动的速度是我见过的最慢的。它们可能会留在坑里，杀死靠近它们的人，但它们出不来……但就是太恐怖了！"

"别再说了，亲爱的！"妻子眉头紧锁，轻轻握住我的手。

"可怜的奥格尔维！"我哽咽着说，"想到他可能就那样躺在那儿，死去……"

至少我的妻子不认为我是在说胡话。看到她因恐惧而脸色发白，我没再继续说下去。

"那它们可能会来到这里。"她反复小声念叨着。

我递给她一杯葡萄酒，试图安抚她的情绪。

"它们走不了那么远的。"我说道。

我反复安慰她，也安慰自己。奥格尔维曾经说过，火星生命难以在地球上生存。地球的重力对它们而言是个巨大的挑战，这里的重力是火星表面的三倍。虽然它们的肌肉力量保持不变，但在地球上的体重却是火星上的三倍。对它们来说，克服自身的重量就像是挣脱铅铸的束缚。这也是当前的主流看法。次日清晨的《泰晤士报》和《每日电讯报》都佐证了这一点，但是我们所有人都忽略了两个明显的影响因素。

众所周知，地球大气中的氧气含量远超火星，或者说火星的氩气含量远高于地球。毫无疑问，地球上这种过剩的氧气对火星人来说无疑起到了一种振奋作用，这在很大程度上抵消了它们在地球上体重增加的负面影响。另外，我们都忽略了一个事实：火星人拥有机械智慧，必要时完全可以不依赖肌肉力量。

但当时，我没有想到这些，所以完全排除了它们入侵的可能性。酒、食物和家庭的温暖，都给了我极大的慰藉，我胆子慢慢变大了，也放宽了心，并抚慰着我的妻子。

"它们做了一件蠢事，"我一边摆弄着酒杯一边说，"它们之所以危险，无疑是因为被恐惧逼疯了。或许它们本以为在地球上不会发现任何生命，更别提像我们这样的智慧生命了。"

"即使是最糟糕的情况，"我说，"只要往坑里丢入一颗炮弹，就能将它们全部消灭。"

在一连串激烈事件的刺激下，我的感知能力无疑被推向了极限。那天晚上餐桌上的场景，至今仍然在我脑海中鲜活如初。我亲爱的妻子在粉红灯罩下那张既忧虑又温柔的面庞，银白色的餐桌布、闪闪发光的银器和玻璃器皿——那个年代，即使是哲学家家里也有很多小奢侈品——我的酒杯里泛着紫色光泽的葡萄酒，每一处细节都像照片一样清晰。晚餐过后，我坐在桌旁，边嗑着坚果边抽烟，对奥格尔维的冒失感到懊恼，同时斥责火星人的短视和胆怯。

这就像是毛里求斯岛上一只傲慢的渡渡鸟，在自己的巢穴中自以为是地讨论着那群急需野味的水手。"亲爱的，明天我们就啄死它们。"

那时我还不知道，一连串奇异而恐怖的日子即将来临，那晚是我最后一次享用文明世界的晚餐。

第八章　周五夜变

在我看来，周五发生的所有光怪陆离的事情中，最让我感到惊讶的，是这一系列导致社会秩序崩溃的事情竟与我们习以为常的社会秩序惯例如此自然地衔接在一起。假如那个周五的夜晚，你在沃金沙坑周围画出一个半径为五英里的圆，我怀疑除了斯滕特或者那几个在草坪上遇难的骑行者，或是已经不在人世的伦敦人的亲友之外，没有人会因为外星来客的到访而影响自己的心情，或是改变生活方式。当然，很多人已经听说过那个神秘的圆筒，也会在闲暇时聊起它，但是其影响与向德国发出的最后通牒相比，相差甚远。

那个晚上，可怜的亨德森向伦敦发电报描述那个圆筒打开的过程，却被误以为是假新闻。他所在的报社在向他确认真相并未得到回复后（他当时已经身殒），便决定不印制特刊。

哪怕是在那个五英里的圈内，大部分人也依然冷漠，之前我提过的两男一女就是最好的例子。在整个地区，人们依旧在享用晚餐，饮酒欢聚。一天的辛劳过后，工人们在花园里忙碌着；孩子们被轻柔的声音哄入梦乡；年轻的情侣们在小巷中漫步，耳语情话；学生们则埋头于书本，专心致志。

村庄的小巷或许有谈论的细语，酒馆里可能有人将这个话题当作新鲜事物来讨论，偶尔也会有传信者或见证者引起一阵骚动，人们争相传播消息，不停地奔跑着。但总体来说，人们的日常生活——工作、吃喝、休息、娱乐——一如往常，就好像火星这颗行星根本不存在于太空中一样。即便是在沃金车站、霍塞尔和乔巴姆地区，情况也是如此。

在夜幕的笼罩下，列车停停走走，有的正在侧轨上转弯，乘客们上上下下，等的等，走的走，一切秩序井然。这时，一个镇上的男孩跑过来，叫喊着售卖当天的报纸，本来这个地方的报纸售卖生意已经被史密斯独占。狂急的卡车声，尖锐的汽笛声，交织着男孩声嘶力竭的叫卖声"火星人来了！"。大概在九点钟，一些人带着这一令人难以置信的消息冲进车站，但人们只当他们是醉汉闹事一般，并未在意。在前往伦敦方向的列车上，人们透过车窗向外看去，霍塞尔的方向冒起几点闪烁的火花，很快就消失了，接着，一道红光和一层疏疏朗朗的烟雾穿行在星夜之中，他们以为发生的不过是一场旷野大火罢了。唯有在公地边界处，才能感受到一丝不安的气息。在沃金边界处，有五六栋房子正被大火吞噬。沿着公地的三个村庄的所有房子都灯火通明，那里的居民彻夜未眠。

在乔巴姆桥和霍塞尔桥上，看热闹的人来来往往，始终聚集在那里。后来了解到，有一两个大胆者尝试着深入黑暗，接近火星人，却再也没有归来，因为时不时会有一束灯光闪过，如同战舰的聚光灯扫过公地，紧随其后的就是那致命的热射线。除此之外，那片广大地域仍是寂静而荒颓，焦黑的尸体横七竖八地倒在地上，持续整夜至次日。同时，很多人听到了坑中传来的敲打声。

这就是周五晚上的情况。在圆圈中心，那个圆筒像一支毒箭一样扎入了我们古老的地球。然而，毒素尚在潜藏。公地上一片沉寂，有几处地方还冒着焦烟，零零散散地有一些黑黑的东西歪七扭八地散落在地上，看不太清楚。到处都是燃烧的灌木丛和树木。更远处是骚动不安的人群，而燃烧的火焰尚未蔓延到那里。在世界其他地方，生命的洪流依旧流淌，与从前几亿年一般。那即将堵塞血管和动脉、麻木神经、摧毁大脑的战争的热度还未升腾起来。

整个夜晚，火星人不停地敲打、翻动，不知疲倦地使用它们的设备。时不时地，就会有一股淡绿色的烟雾升腾上夜空。

大约在十一点，一队士兵穿过霍塞尔，沿着荒地边缘展开，形成一道封锁线。稍后，第二支队伍穿过乔巴姆，在荒地北侧部署。那天早些时候，英克曼兵营的几位军官已经在荒地上巡视，其中一位名叫伊登的少校下落不明。午夜时分，该团上校抵达乔巴姆桥，向围观人群打听情况，显然，军方当局已经认识到事情的严重性。次日的早报便会刊登一则消息：十一点左右，卡迪根军团的一支骑兵中队，带着两挺马克沁重机枪和四百多名士兵从奥尔德肖特出发了。

午夜刚过，沃金和彻特西路上的人们都看见一颗流星从天而降，坠入西北方的松林中。流星闪着明亮的绿光，没有声音，如同夏天的闪电一般。第二个圆筒降落了。

第九章 战幕初启

在我的记忆里，那个周六真是刺激又紧张。那天又闷又热，让人昏昏欲睡，据说是气压快速波动所致。那晚我几乎没合眼，但我的妻子却睡得很好。我一大早就起床了，走进花园，静静听了一会儿，除了几声云雀的叫声外，没有什么异响。

送奶工像往常一样，准点来了。我一听到他的马车嘎吱嘎吱的声音，便走到侧门问他有没有什么新消息。他告诉我说，昨夜军队已经包围了火星人，预计很快会交火。紧接着，传来列车驶向沃金的声音，倒是让我感到些许心安。

"不到万不得已，应该不会把火星人全部杀死的。"送奶工说。

我看见邻居在花园里忙碌，与他闲聊了一会儿，然后便进屋吃早饭了，一切都和平日没什么两样。我的邻居觉得，夜幕降临前，军队应该就能够活捉或者杀死火星人。

"真可惜，我们没办法轻易靠近它们。"他说道，"如果能知道它们在另一个星球上是怎么生活的，肯定很有意思；也许，我们还能学到些什么。"

他走近篱笆，递给我一把草莓，他对园艺真是热情高涨。顺便，他提到了拜弗利特高尔夫球场附近松林起火的事情。

"听说，"他说，"那里又有一个该死的东西坠落了——第二个。其实一个就够麻烦的了。这次的事故，保险公司得赔一大笔钱才能了结。"他调侃道。他指了指远处弥漫的烟雾说，那片松林还烧着呢。"地上的松针和草皮那么厚实，这火没几天可灭不了。"然后，谈到"可怜的奥格尔维"时，他才稍微严肃起来。

吃完早饭后，我没去工作，又散着步往公地那边走去。在铁路桥下，我遇到了一群士兵，我猜应该是工兵，他们戴着小圆帽，脏脏的红色夹克衫敞开着，露出里面的蓝色衬衫，深色的裤子和及小腿的靴子。他们告诉我，未经允许，任何人都不得跨过运河。我向桥的方向望去，看到一个卡迪根军团的士兵在那里站岗。我与这些士兵聊了一会儿，他们谁也没有见过火星人，对此只有非常模糊的概念，于是一个接一个地问我当晚的情形。他们说不知道是谁下令让部队过来的，还以为是骑兵卫队有什么纠纷。普通工兵比一般士兵受教育程度更高，他们开始激烈地讨论起应该如何应对战争中的特殊情况。听我讲了热射线的事情后，他们开始争论起来。

"我说，可以拿掩护物挡着，慢慢靠近，趁其不备，冲上去攻击。"一个人提议。

"行不通！"另一个人说，"那么高的温度，什么掩护物能扛得住？简直是自投罗网！我们只能尽可能靠近地面，然后挖条战壕。"

"又是战壕！你老是想挖战壕，你就应该投胎成一只兔子，斯尼皮。"

"它们有脖子吗？"第三个人突然插话——这是一个小个子的黑发男人，正叼着烟斗思考着什么。

我又把外星人的长相描述了一遍。

"章鱼，"他说，"对，我就这么叫他们。说什么'得人如得鱼①'，如今却是'捕人如鱼'！"

"对付这样的怪物，杀了它们也不算犯罪。"第一个说话的人说。

"干吗不直接用炮弹把它们轰成渣？"那个小个子黑发男人提议。"谁知道它们还会做出什么事情来呢？"

"你哪来的炮弹？"第一个人反问，"时间紧迫，我主张马

---

① "得人如得鱼"一句引用了《新约·马太福音》4章19节的典故，耶稣对门徒说"我要叫你们得人如得鱼一样"（I will make you fishers of men）。意为将人从苦难的世界里拯救出来。这里，说话者将人类比作被火星人猎捕的鱼，通过反转这一圣经典故，讽刺性地表现了人类从猎猎者沦为猎物的处境，暗示文明等级的颠覆。

46

上行动，迅速决断。"

他们就这样争论起来。听了一会儿后，我就离开去往火车站，打算看看今天各家的晨报。

对于整个上午和下午发生的事情，我就不一一赘述了。霍塞尔和乔巴姆的教堂塔楼都被军方控制，我没办法看到公地的状况。士兵们对此一无所知，军官们神秘兮兮又忙碌异常。有了军队的多层保护，镇上的居民倒是安心了不少。我从卖烟草的马歇尔那里得知，他的儿子也是昨晚在公地上丧生的众多人之一。军方要求霍塞尔郊区的居民离家暂避。

我在大约两点钟回到家中吃午餐，由于天气闷热，我感到非常疲倦。为了振作精神，下午我洗了个冷水澡。四点半左右，我前往火车站买晚报。早报上关于斯滕特、亨德森、奥格尔维和其他人被杀的事情说得模棱两可，和我听说的相差无几。那天，火星人始终没有露头，一直在沙坑中忙着，敲打声和烟雾持续不断。显然，它们正忙着备战。各大报纸都是"我们已经多次尝试发出信号，但目前仍未收到回应"这样的套话。一个工兵告诉我，报纸上所谓的发信号就是在沟里竖起一杆高高的旗。火星人对这样的信号视若无睹，就像我们对待牛的哞叫声一般漠不关心。

说实话，看着周围进入备战状态，我感到无比兴奋。我的想象力火力全开，构思出十几种精彩的方式击败入侵者；我心中又涌起了学生时代梦想成为英雄、参与战斗的热情。那时，我甚至觉得沙坑中的火星人战斗力太弱，如果打起来，似乎并不算是公平的对决。

大约到下午三点的时候，彻特西或阿德尔斯通方向开始传来重炮的砰砰声，节奏分明。听说是人们正在朝着第二个坠落的圆筒开火，想要在它打开前就把它摧毁。然而，一门野战炮要到下午五点左右才能运抵乔巴姆，用来对抗第一批火星人。

大约傍晚六点，我和妻子一边在凉亭里喝茶，一边谈论着这场即将打响的战争。突然，公地那边传来一声沉闷的爆炸声，紧接着是一连串急促的枪声，枪声未落，又是一阵震耳欲聋的撞击声，应该离我们不远，地面都连带着震动起来。我站在草坪上朝远处看去，东方学院附近的树梢被一片红色的火焰和浓烟吞噬，旁边小教堂的钟楼轰然倒塌。清真寺的尖顶不见了，学院的屋顶看上去就像遭受了百吨重炮的轰击，惨不忍睹。我家的烟囱被震碎了，就像被炮弹击中一样，碎片纷纷扬扬，洒满了我书房窗户旁的花坛，形成一堆红色碎渣。

看到如此景象，我和妻子都惊呆了。随即我意识到，现在没了学院建筑物的掩护，梅伯里山的山顶已经完全暴露在火星人的热射线射程之内了。

我紧紧抓住妻子的手臂，毫不犹豫地带她跑到马路上。然后我去找佣人，告诉她迅速离开这里，至于她嚷嚷着一定要拿的那个箱子，我会亲自上楼去拿。"我们绝对不能再留在这里了。"我说。这时，公地那边又一次响起了枪声。

"那我们该去哪里？"妻子惊恐地问我。

我脑中一片混乱，突然，我想起了她在莱瑟黑德的表亲。

"莱瑟黑德！"我在突如其来的喧嚣声中大声喊道，"我们去莱瑟黑德！"

她转头朝山下看。受到惊吓的人们纷纷跑出家门。

"我们怎么去莱瑟黑德？"她问。

我看到山下，有一群骠骑兵正从铁路桥下穿过；三名骑士疾驰着穿过东方学院敞开的大门，另外两名则下马，挨家挨户地奔走。透过树梢上升腾的烟雾，阳光显得格外鲜红，给周围的一切投下了一种陌生且怪异的光芒。

"就先待在这儿吧，"我说，"这儿相对安全。"我立刻朝"斑点狗"酒吧跑去，我知道那里的老板有一匹马和一辆双轮马车。我一刻不停地跑着，我知道，过不了多久，整个山坡这边的人都将开始逃亡。我在酒吧里找到了他，此时，他对自己房子后面发生的事情还一无所知。有一个人背对着我，和他交谈。

"我得收一英镑，"老板说，"你得自己找人驾车。"

"我给你两英镑，"我说。

"啊？出什么事了吗？"

"我午夜之前就还回来。"我说。

"天啊！"老板说，"怎么这么着急？我这也不是什么好车，你出两英镑，还要把它还回来？到底是怎么回事？"

我赶紧解释，我有急事要离家，因此想租下他的马车。当时，我觉得事情还没有严重到老板也需要紧急离家的地步。随后，我立即驾车朝家驶去，把车交给妻子和佣人看管，自己则冲进屋里匆忙打包了一些银器之类的贵重物品。收拾东西时，我看到房子下方的山毛榉树正在燃烧，路上的铁栅栏映着红色的火光。我正忙着的时候，一个骠骑兵跑了过来，他正挨家挨户地告诫人们离开。我提着用桌布包裹着的贵重物品，从前门出来，朝着那个骠骑兵大喊：

"现在是什么情况？"

他回头看了我一眼，似乎嘟囔了一些关于"从碟子似的罩子里爬了出来"的话，然后继续向山顶的那户人家跑去。突然，一阵黑色的浓烟横穿马路，他的身影瞬间消失了。我跑过去敲了敲邻居家的门，我知道他家门锁着，他已经和他的妻子去伦敦了，所以只是确认一下，以防万一。我又折返回家，按照约定去拿佣人的箱子，我把箱子拖了出来，放在马车后面，紧挨着她。然后我抓住缰绳，跳上驾驶座，坐在妻子旁边。我们很快便驶离了那片烟雾和喧嚣，沿着梅伯里山的另一侧斜坡，向古沃金（沃金老城区）驶去。

前方是一片阳光明媚、宁静和煦的景色，麦田在道路两旁起伏摇曳，梅伯里客栈的招牌随风摆动着。我看到医生的马车就在我前面。当我到达山脚时，转头看向刚离开的山顶，浓烟滚滚，红色的火焰在其中跳跃闪烁，在空中翻腾着，东边的绿色树梢也变得灰蒙蒙的。黑烟已经开始向四周蔓延，东至拜弗利特松树林，向西则朝着沃金蔓延。路上不时有人迎面朝我们跑来。此时，尽管声音非常微弱，但在炎热而寂静的空气中却异常清晰——人们听到了一阵机枪的哒哒声，随后突然停了下来，接着是步枪断断续续的射击声。显然，火星人正在用热射线扫射着射程内的一切。

我不擅长驾驶马车，于是赶紧将思绪拉回到我的马车上。当我再次回头时，黑烟已经被第二座小山挡住，看不见了。我用鞭子抽打马匹，放松缰绳，直到我们穿过了沃金和森德，远离了那片令人恐惧的喧闹。在沃金到森德的路上，医生的马车被我甩在了身后。

第十章　暴风怪影

　　莱瑟黑德距离梅伯里山约十二英里。穿过皮尔福德郁郁葱葱的草地，空气中弥漫着干草的香味，两侧的篱笆布满了大片的野蔷薇，美好又绚烂。那时候，我们下山时听到的猛烈的枪炮声突然停了，就像开始时一样，毫无征兆，夜晚又变得平静且宁和。大约九点钟，我们平安到达了莱瑟黑德，我们在表亲家吃了晚饭，也让马儿休息了一个小时，然后，我把妻子托付给他们照顾。

　　整个行程中，妻子几乎没怎么说话，心事重重的，似乎被一种不祥的预感所压抑着。我安慰她说，地球的重力把火星人困在坑中，它们顶多能稍微爬出一点，她只是简单地回了一个"嗯"。如果不是答应了酒吧老板，妻子肯定会劝我留在莱瑟黑德。如果不是要回去还车，我也一定会留下！我还记得，我离开时，她的脸色非常苍白。

　　就我个人而言，整个白天我都处于极度亢奋之中。我的血液中似乎渗入了一种偶尔会席卷文明社会的好战因子，所以在我心里，那晚选择返回梅伯里，也没有多少遗憾。我甚至担心听到最后一轮炮火已经消灭了外星侵略者的消息。准确地来说，我希望能亲眼见证这一切的终结。

大约十一点，我开始往回走，那天夜晚出奇的黑——从灯火通明的表亲家出来，外面显得更黑了，闷热倒是没有减退半分。头顶上，云层飞速移动，灌木丛里没有一丝风吹的迹象。所幸，表亲家把灯点亮了，我对这条路也比较熟悉。妻子站在门口的灯光中，看着我跳上马车，然后她突然转身进屋，只留下我的表亲并排站立为我送行。

起初，看到妻子那么害怕，我心里有些难受，但很快我的思绪又回到了火星人身上。当时，我对那晚的战斗过程一无所知，甚至不清楚是什么原因引发了这场冲突。经过奥克姆的时候（我回去时换了一条路线，并未经过森德和古沃金），我看到西方地平线上出现了血红色的光芒，我越靠近，它就上升得越高。在聚集的雷暴云层中，黑色和红色的烟雾交织在一起。

里普利街上空无一人，除了一两扇亮着灯的窗户，整个村庄感受不到一点烟火气。但在通往皮尔福德的路口，险些发生事故，我差点撞上一群背对我站着的人，我们也没说话。我不清楚他们对山那边的事情了解多少，也不知道街道两侧那些我路过的房屋里面，人们是否已经安然入睡，还是屋里空无一人，

53

或是在恐怖的夜晚中惊慌守望。

从里普利出来，要经过韦河河谷才能到皮尔福德，而在河谷里，那些红光完全被挡住了。当我越过皮尔福德教堂后的小山时，耀眼的红光再次出现在我的视野里，周围的树木随着即将来临的暴风雨而微微颤抖着。接着，我听到皮尔福德教堂后方传来了午夜钟声，然后是梅伯里山的剪影出现在我的视野中，树梢和屋顶在红光中显得黑亮而清晰。

就在我看到这一幕时，一道耀眼的绿光照亮了周围的道路，远处的阿德尔斯通方向的树林也变得清晰可见。马儿受了惊吓，我感到缰绳一紧，仿佛有一道绿色的火焰穿透那些翻腾的云层，顷刻间照亮了混沌的云团，然后落在我左侧的田野中。第三颗流星陨落了！

紧接着，狂风暴雨中，一道炫目的紫色闪电划过天空。雷声轰鸣，如同火箭在头顶炸响。马咬紧衔铁，受惊狂奔。

我们沿着梅伯里山山脚下的斜坡疾驰而下，所幸这条路还不算太陡。第一道闪电之后，后面的闪电一道接一道，我从未见过如此密集的闪电。雷声接踵而至，伴随着一种奇特的噼啪声，比起平常的轰鸣回响，更像是巨大电机运作时发出的声音。闪烁的光线令人眼花缭乱，当我驾车冲下斜坡时，一阵急促的细小冰雹猛烈地打在我的脸上。

起初，我只关注前方的道路，突然，对面梅伯里山斜坡上一个快速移动的东西吸引了我的注意。开始我以为那是片湿了的屋顶，但几道闪电扫过，我才看清那东西正在急速地移动着。这个幻影实在让人难以捉摸，在黑暗中更是让人无法看清。接着，一道亮如白昼的闪电袭来，山顶附近的孤儿院的红色建筑群、松树的绿色树梢，以及这个难以名状的物体都清楚、明晰地出现在我眼前。

该怎么形容我看到的那个东西呢？三只巨大的脚掌撑在地上，高度超过房屋，正大步跨过小松树，把脚前面的所有树木都踏平了。它看着像是一个行走的机械人，闪着金属的光芒跨过石楠草丛，身上垂挂着一节又一节的钢铁绳索，它行进时哐当哐当的碰撞声和雷声交织在一起。一道闪电劈下，清晰地照出了它的身影，两只巨大的脚在空中挥舞着，又瞬间消失，等下一道闪电照到它时，它已经跑了近一百码。你能想象一个挤奶凳斜着在地面上滚动吗？我在闪电中看到的就是这样的情形。但别把它想象成什么挤奶凳，实际上，它就像是给一个三脚架上安装了一个巨大的金属装置。

突然，我前方松林中的树木被从中间分开，就像被人踏过的芦苇丛一样，这些松树要么被拦腰折断，要么被连根拔起。接着，第二个三脚巨兽出现了，它朝我猛冲过来，而我的马也正朝它迎头跑去！面对第二个怪物时，我的勇气已经荡然无存。我没敢停下来细看，猛地将缰绳朝右侧拽，刹那间，马车向前翻滚,撞在马身上;车轴嘎吱一声断掉,摔在地上,我从侧面被甩了出去,重重地摔进一个浅水坑。

我立即翻身爬了出来,蹲在一丛荆棘后面,双脚还泡在水中。马静静地躺着,一动不动(这个可怜的家伙,脖子断了)。借着闪电,我看到黑色的马车翻倒在地,车轮还在慢悠悠地转着。没过一会儿,那巨大的机械巨兽就从我身边大步走过,朝着皮尔福德山上走去。

近距离看,这个东西实在怪异得让人难以理解,因为它绝非一台毫无知觉、单纯为了赶路的机器。但它确实是一台机器,走起路来发出金属碰撞时的哐当声,那长长的、灵活的、闪闪发光的触手(其中一条抓着一棵小松树)在其奇特的主体周围摆动并发出咔嗒声。它会自主选择前进的方向,头顶上的黄铜罩子来回摆动,很容易让人联想到一个正在四处张望的头。躯干的后面是一大块白色金属,就像一个巨大的鱼篓。这个怪物经过我时,关节处喷射出绿色的烟雾。但转眼间,它又消失了。

在那时,电光闪烁,四周不是刺眼的亮光就是深邃的黑影,一切都模糊不清。

当它经过时,传来了一声激昂且震耳欲聋的嚎叫,盖过了雷声——"阿鲁!阿鲁!"不一会儿,它就和它的同伴在半英里外会合了,它们在田野上俯身探望着什么。我甚至可以肯定

56

地说，田野里的这个物体是从火星向我们发射的十个圆筒中的第三个。

我在无尽的雨夜里躺了几分钟，借着转瞬即逝的闪电，看着这些巨大的外星怪物在远处的树篱顶上移动。此时，一场小冰雹时下时停，它们的身影在这冰雹中也变得时而清晰时而朦胧。慢慢地，雷电时而停歇，最后完全被夜幕吞噬。

我的上半身因为融化的冰雹已经完全湿透了，双脚浸在水坑中。一阵慌乱之后，我终于从震惊中回过神来，挣扎着从水边爬上岸，来到了一个稍微干燥的地带，开始思考这迫在眉睫的危险。

不远处，有一座简陋的小木屋，只有一个房间，周围是一小片种满马铃薯的菜园。我艰难地站了起来，蹲下身子，利用周围一切可以遮掩的东西，朝着小屋跑去。我急切地捶着门，试图引起屋内之人的注意（如果屋内真有人的话）。敲了一会儿后，见无人应答，我便放弃了。然后，我借助一条沟渠做掩护，匍匐前进，这才躲过怪物。顺着水沟，我悄悄爬进了通往梅伯里的松树林。

就这样，我浑身湿透，战栗着艰难前行，朝着家的方向逃去。我在树林中艰难地行走着，努力寻找出路。林中一片漆黑，偶然会有闪电的亮光划过，冰雹倾盆落下，穿透层层树枝，如同一道道垂直落下的水柱。

如果我当时能意识到眼前所见的一切究竟意味着什么，我就该立刻绕道拜弗利特前往斯特里特科巴姆，然后折返回莱瑟黑德去找我的妻子。但那个夜晚，周围的一切实在是太过诡异，再加上身体的痛苦，我没办法回头。我遍体鳞伤，疲惫不堪，浑身湿透，暴风雨几乎让我五感尽失。

　　我的脑子里只有一个模糊的想法——回家，这成了我前行的唯一动力。我在林中摇摇晃晃地走着，不慎跌入水沟，膝盖撞在木板上，最后终于艰难地走上了通往阿姆斯学院的小道。我之所以说"艰难"，是因为风暴带来的冰雹在融化后，夹带着沙土从山坡上汹涌而下，我从泥水中爬到路上。在黑暗中，我不小心撞上了一个人，向后摔去。

　　他发出了惊恐的尖叫，猛地向一边跳开，我还没反应过来和他说话，他就急匆匆地跑了。这里的暴风雨异常猛烈，上山变得极其艰难。我紧贴着左侧的围栏，小心翼翼地摸索着前行。

　　快要到达山顶时，我不小心踩到了一个柔软的物体。在闪电的照射下，我看见脚边是一堆黑色的粗布和一双靴子。我还没看清这个人的姿势，闪电就消失了。我站在他身旁，想等下一道闪电来时再看看。当第二道光亮降临时，我看到他身材魁梧，穿着简朴却不破旧，头被压在身下，整个人蜷缩在围栏边，似乎是狠狠地摔在了那里。

　　我从未接触过尸体，所以只得压制自己本能的反感，弯腰把他翻过来，检查他是否还活着。我确认他已经没有任何生命迹象了，脖子都折断了。当第三道闪电划过时，我突然看到他的头正靠在我的脚边。我立刻站起身来，那人竟是"斑点狗"酒馆的老板，就是那个曾经借给我马车的人。

我小心翼翼地跨过他的尸体，继续向山上走去。我沿着警察局和学院酒吧的方向，朝我家走去。山坡上并无燃烧之物，然而公地那边依然闪烁着红色的炽光和滚滚红烟，在瓢泼冰雹中显得格外突出。在闪电的照射下，我看到周围的房屋大多安然无恙。在学院酒馆旁，道路上堆积着神秘的黑色物体。

在前往梅伯里桥的路上，我听到了人们的交谈声和脚步声。但我没有勇气大喊或走过去和他们交谈。我用钥匙打开门，然后立刻将门关上、锁上，又加上门闩，我摇摇晃晃地走到楼梯跟前，坐了下来，脑海中充满了那些步伐坚定的金属怪物，以及那个猛力撞击在围栏上的死者。

我背靠着墙壁，蜷缩在楼梯下，身体剧烈地颤抖起来。

第十一章　窗外异象

　　我的情绪来得快，去得也快。过了一会儿，我发现自己又冷又湿，楼梯的地毯上都聚起了几摊水。我如同行尸走肉般起身，走进餐厅，随手倒了些威士忌饮下，然后振作精神，准备换下湿透的衣物。

　　换好衣服后，我上楼去了书房，但具体要干什么，我自己也不清楚。我的书房窗户正对着霍塞尔公地那边的树木和铁路。那时，我们走得太匆忙，这扇窗户还没来得及关。走廊里一片漆黑，与窗外的景色一比，书房一角更像是陷入了无尽的黑暗深渊。我在门口猛然停下。

　　雷暴终于远去。东方学院那些雄伟的塔楼和四周的松树都不复存在。远处，一片耀眼的红光映照着沙坑周围的空地，在那火红的光芒中，巨大而奇异的黑色身影来回穿梭，它们的形状太过诡异，令人不寒而栗。

　　那边整个村庄仿佛都陷入了火海之中——整个山坡布满了

细小的火舌，随着风暴余威在空中扭动，将飞速掠过夜空的云层染成一片火红。附近的火堆时不时飘来一股烟雾，经过窗户，挡住了那些外星人的身影。我无法看清它们在做什么，也看不清它们的确切形状，更无法辨认出它们忙着处理的那些黑色物体是什么。我也看不见屋外的大火，只能看到反射在书房墙壁和天花板上跳动着的火光。空气中弥漫着刺鼻的树脂燃烧味。

我悄无声息地关上门，蹑手蹑脚地朝窗户走去，视野也逐渐变得开阔起来。一边可以看到沃金站附近的房屋，另一边则可以看到拜弗利特烧得焦黑的松林。在山下的铁路附近，靠近拱门处有一束光亮，梅伯里路沿线以及车站附近的几座房屋变成了发光的废墟。起初，我不知道铁路上那团亮光是什么，只看到那里有一堆黑色的东西和耀眼的光芒，其右边是一排黄色的长方形物体。仔细一看，我才辨认出那是一列火车的残骸，前部被撞毁并燃烧着，而后部的车厢仍然停在轨道上。

这三个主要起火点——房屋、火车和乔巴姆方向燃烧的村庄——之间是一片不规则的黑暗区域，只能看见零星几处微弱的火光或烟雾。黑暗中点缀着火光，构成了一幅奇异的景象，这让我想起了夜晚的陶器厂。起初，我认真找了好久，但一个人都没见着，后来，借着沃金车站的灯光，我终于看见了一群漆黑的人影，他们正一个接一个地匆匆穿越铁路。

我安居了这么久的小世界，如今竟变成了一片炽热的混沌火海！过去七小时发生了什么，我仍然说不清楚。我猜测，也许这些机械巨兽与之前从圆筒中爬出来的那个迟钝的大块头之间有什么关系。在强烈好奇心的驱使下，我把办公椅转向窗边，坐下来，看着眼前被烧黑的土地，尤其是那三个在沙坑周围来回晃悠的黑色巨物。

它们看起来异常忙碌。我不禁开始思考，它们究竟是什么？是智能机械吗？这听起来有些异想天开。还是说，每个机械内部都有一个火星人在操控指挥，就像大脑控制我们的身体一样？我开始将这些机械怪物与人类制造的机器相比较，有生以来，我第一次萌生出这个疑问：对于低等智慧动物来说，铁甲舰或蒸汽机会是什么样子呢？

风暴过后，天空放晴，烧焦的土地上升起烟雾，光亮黯淡的火星渐渐西沉。这时，一个士兵走进我家院子，篱笆处传来窸窸窣窣的声音，我一下子清醒了不少。我俯身往下看，一个模糊的人影正翻越栅栏。看到另一个人类后，我那种麻木的状态瞬间消失了。

我急忙将身子探出窗外。

"嘘！"我低声说。

他跨坐在栅栏上，不知道该如何是好。片刻之后，他跳进院子，穿过草坪，走到房子的角落。他弯下腰，轻声走动。

"谁在那儿？"他站在窗下朝楼上张望，轻声问道。

"你要去哪里？"我问。

"天知道。"

"你是想找个藏身之处吗？"

"对。"

"进屋来吧。"我说。

我下楼，打开门让他进来，然后又锁上了门。我看不清他的脸。他没戴帽子，大衣敞开着。

"天啊！"他刚一进屋就说。

"发生了什么？"我问。

"你该问还有什么没发生？"在昏暗中，我看到他绝望地做了个手势。"它们把我们彻底消灭了。"他一遍又一遍地重复着。

他像丢了魂一样，机械地跟着我走进餐厅。

"来点威士忌吧。"我说着，给他倒了一大杯酒。

喝完酒后，他突然坐到桌前，把头埋在双臂里啜泣起来，像个瞬间情绪爆发的小男孩一样哭泣着。我站在他身边，满眼疑惑地看着他，甚至忘了我自己也刚从绝望中缓过来。

他花了很长时间才平复下来，开始回答我的问题，但回答得也是断断续续，前言不搭后语，令人费解。他说自己是炮兵部队的驾驶员，大约七点钟加入战斗。当时，公地上正在交火，第一批火星人正在金属盾牌的掩护下，慢慢爬向它们的第二个圆筒。

后来，这个金属盾牌开始在三脚架的支持下摇摇晃晃地站了起来，也就是我见过的第一台战斗机器。他开车送去的那门大炮在霍塞尔附近解除了牵引，然后炮手开始行动，准备全面控制沙坑，战斗就这样开始了。当炮手们牵引着大炮后退时，他的马踏进了一个兔子洞，摔倒了，他被狠狠甩进一个坑里。同一时间，大炮在身后炸响，弹药爆炸了，四周瞬间成了一片火海，他回过神后发现自己正躺在一堆焦黑的死人和马匹下。

"我躺着没动，"他说，"我吓得魂飞魄散，半截马的尸体压在我身上。我们被彻底消灭了。那味道——天哪！就像烧焦的肉！我的背也摔伤了，躺了好一会儿才感觉好些。几分钟前部队还像参加阅兵式一般神气，突然就被绊倒，砰的一声，倒地不起！"

"全都死光了！"他说。

他在死马下躲了很久，其间偷偷地观察着外面的情况。卡迪根军团的人曾试图以散兵游击的方式突袭坑洞，结果全部丧命。接着，怪物站起身，开始来回转悠，它脚边渺小的人们疯狂逃窜。它转头四处看着，就像一个蒙面人戴着头罩一样。一种类似手臂一样的东西拿着一个复杂的金属盒，盒子的周围闪烁着绿光，这个所谓的绿光，就是热射线，会从这个漏斗状的东西中喷射出来。

仅仅过了几分钟，在这片荒地上就已经看不到任何活物了。每一丛灌木、每一棵树，不是成了烧焦的黑骨架，就是正燃着熊熊烈火。轻骑兵之前在山岗后面的路上，所以无法看到他们。只听到那边的火星人发出一阵咔嗒声，然后便安静了下来，最后只剩下沃金车站及其周围的房屋依稀可见。最后，热射线照向村镇，整个镇子瞬间变成了一堆熊熊燃烧的废墟。随后，那怪物关闭了热射线，转过身，大摇大摆地朝着熊熊燃烧的松树林走去，那里有第二个圆筒。就在这时，第二只金属巨兽从沙坑中站起来了。

第二个怪物紧随第一个，炮兵小心翼翼地爬过炽热的石楠灰，朝着霍塞尔的方向逃命。他低身躲在沟渠里，一路逃回沃金。说到这里，他开始变得语无伦次。那个地方根本走不过去了，那里似乎还有一些人活着，要么就是慌不择路，要么就是被烧伤了。巨大的火势迫使他不得不回头，这时一个火星巨兽转过身来朝这边喷出火焰，于是他不得不躲进滚烫的破墙堆中。那个巨兽追上了另外一个逃跑的人，用钢铁触手抓住他，把他的头狠狠撞在一棵松树的树干上。终于到了晚上，他才趁机越过铁路堤坝冲了出去。

出来之后，他一直朝着梅伯里潜行，希望能逃离危险的伦敦。一路上，人们都在四处躲藏，不是藏在壕沟和地窖中，就是朝着沃金乡村和森德逃去。他实在太渴了，最后终于在铁路拱桥附近发现了一处破裂的水管，水正汩汩地涌到路面上。

这就是我从他断断续续的话语中听到的全过程，慢慢地，他镇定下来，尽量想让我听得更明白些。他说自己从中午到现在都没吃过一口饭，于是，我在食品储藏室里找到了一些羊肉和面包，拿到了房间里。我们没有点灯，怕被火星人发现，只能在黑暗中摸索着面包和肉吃。他讲着讲着，周围的事物在黑暗中渐渐显露出来，窗外被践踏的灌木丛和断折的玫瑰树渐渐变得清晰起来。看来有许多人或动物穿过了草坪。我渐渐看清了他被熏黑且憔悴的脸，想必我的状况也好不到哪里去。

吃完饭后，我们轻手轻脚地上楼去了书房，我再次朝窗外望去。一夜之间，这片山谷变成了一片灰烬之地。火势已经减弱了很多，那些被火烧过的地方，现在只是冒着烟。晨光出现，那些被夜色掩盖的无数破碎和焚毁的房屋废墟、被爆炸烧黑的树木，此刻显得凄凉而可怕。然而，在这片废墟中，还是有一些物体逃过此劫——一座白色的铁路信号灯，那里是一个温室的尽头，在这片残垣断壁之中矗立着，圣洁而鲜亮。纵观整个人类战争史，还是第一次出现如此大规模、无差别的毁灭。东边的日光渐渐亮了起来，那三个金属巨兽在坑边站着，转动着自己的头罩，似乎在欣赏着它们成就的这片"伟业"。

沙坑似乎变大了，时不时有绿色的浓烟冒出，在渐明的晨曦中升起——升腾、旋转、破碎，消逝。

在晨光的照射下，远处乔巴姆周围的火柱变成了血红色的烟柱。

第十二章
韦布里奇与谢珀顿的末日见证

　　天渐渐大亮了，我们离开了窗边，不再看那些外星人，轻手轻脚地下了楼。

　　我和炮兵都觉得，这座房子不宜再作为我们的藏身之处。他打算前往伦敦方向去找自己的炮兵队伍——第十二骑兵炮兵排。而我，见识过火星人的残暴和强大之后，打算立即返回莱瑟黑德，带我的妻子离开这个国家，逃往纽黑文。我已经清楚地意识到，如果无法及时消灭这些外星生物，那伦敦周围的乡村必将经历一场前所未有的浩劫。

　　然而，第三个圆筒横在我和莱瑟黑德之间，还有巨兽严防死守。如果那时候只有我一个人，我想我会冒险穿过乡村。但炮兵劝阻了我，他说："让那么好的妻子守寡，你也太狠心了吧！"最终我决定和他一起，借着树林的掩护，向北走到斯特里特科巴姆，再和他分开。然后，我再从那里绕道埃普瑟姆去莱瑟黑德。

　　如果只有我自己，我早就动身了。但我的同伴曾经是现役军人，他显然对这种情况更为了解。根据他的建议，我翻遍整座屋子，找到一个瓶子，装了满满一瓶威士忌，把所有能装的口袋里都塞满了饼干和肉片。然后我们悄悄地离开了房子，沿着我昨夜走过的那条路快速奔跑。看起来，周围的房子都没什么人了，路上躺着三具被热射线烧焦的尸体。人们落荒而逃，随身携带的东西——时钟、拖鞋、银勺等一些平常百姓的家当——散落了一地。在拐角处，通向邮局的方向，一辆小推车倾斜着，车上堆满了箱子和家具，轮子坏掉了，也没有马拉。在马车的残骸下面，还有一个被急匆匆砸开的钱箱。

　　除了孤儿院的小屋仍在燃烧外，这里的其他房屋似乎没有受到太大的损害。热射线划过烟囱顶部后就离去了。然而，除了我们之外，梅伯里山似乎再没有其他生命的踪迹。我猜，大多数居民或是通过古沃金路逃走（那是我驾车去莱瑟黑德时走的路），或者已经找地方藏了起来。

　　我们沿着小路走下去，看到一具穿着黑衣服的尸体（因为前一晚的冰雹，他已经湿透了）。我们从山脚下钻进树林，向铁路跑去，一路上一个人都没遇到。铁路对面的林地已成为焦黑的废墟，除了零星几棵树外，几乎所有的树木都倒在了地上，树干变成了灰色，树叶也变成了深棕色，场面一片凄凉。

而我们这边，只有临近的几棵树在大火中遭了殃，但火势并没有蔓延开来。附近有片空地，之前伐木工每周六都在那里干活，他们把树木砍下，修剪好枝叶后就放在这片空地上，周围还放着一堆木屑和伐木机。空地近处还有一座被遗弃的小屋。这天早上没有一丝风，异常安静，甚至连一声鸟叫都听不到。我们一边赶路一边小声交谈，还不时地回头看。行进期间，我们偶尔还会停下来，听听有没有什么动静。

走了一会儿，我们便靠近公路了，这时，马蹄声传来了，透过树枝，我们看到三名骑兵慢慢朝沃金方向行进，于是喊住了他们。他们闻声停下来，我们急忙朝他们跑去。那是第八骠骑兵的中尉和两名列兵，他们带着一个像经纬仪一样的架子，炮兵告诉我那是一个日光信号机。

"今早我们走了一路，终于看到人了。"中尉说，"最新情况如何？"

他的面色和语气都透露出焦急，随行的士兵们好奇地打量着我们。炮兵从河堤上跃下，踏上公路，对他们敬了个军礼。

"报告长官，我们的火炮在昨夜遭到破坏。我一直在暗处藏匿，正设法返回炮兵连队。从这条路出发，大约再前行半英里，您就能看到火星人。"

"它们长什么样？"中尉问。

"报告长官，它们是身披铠甲的巨人，高达百英尺。拥有三条腿，身体仿佛铝制，头戴巨大的兜帽。"

"胡扯！"中尉说，"真是荒谬至极！"

"长官，只要您亲眼所见，便会相信我的话。它们携带的，是一种能够喷射致命火焰的神秘装置。"

"你的意思是……像是某种火炮？"

"不，长官。"炮兵说，并开始生动地描述热射线的威力。他讲述到一半，中尉打断了他，目光转向仍站在路边堤坝上的我。

"他没撒谎。"我肯定地说。

"好的，"中尉答道，"看来我得亲自去确认一下。注意听我说——"他转向炮兵，"我们的任务是清理这片区域，协助居民撤离。你最好沿这条路前行，向马文准将军报告你所了解的情况。他现在在韦布里奇。知道怎么去吗？"

"我知道。"我答道。随后他又将马头掉转向南。

"你说的是半英里远？"他询问。

"差不多就是半英里。"我回答，并向南方的树梢指去。他向我表示了感谢，骑马离开，此后我们再未相见。

我们继续前行，遇到了三个女人和两个孩子，他们正在一个农舍里面翻找什么。他们找到了一辆小手推车，正往上堆放着一些褴褛不堪、布满尘埃的包裹和破烂家具。他们很忙，没时间和我们说话。

我们穿过拜弗利特站附近的松林，走入了洒满晨光的宁静乡村。在这里，我们已远离热射线的威胁。若非一些房屋被悄无声息地遗弃，另一些房屋内正有人忙乱地打包行李，以及几名士兵站在铁路桥上，凝视着通往沃金的方向，这一天几乎与平凡的周日无异。

在前往阿德尔斯通的路上，几辆农用大车和马车吱吱作响。通过一片田野的大门望去，远处平坦的草地上，六门十二磅大炮整齐排列，炮管直指沃金方向，炮手们紧张地守候在炮边，弹药车也停在适当的位置，隔着一定的距离。炮兵们像是接受检阅般，站得笔直有序。

"太好了！"我心中暗自欣喜，"至少我们有机会回击了。"

炮兵在大门处犹豫了一下。

"我还是继续往前走吧。"他说。

我们向韦布里奇方向前进，刚跨过一座桥，便看见一队穿白色作战服的士兵正紧张地筑起一座巨大的防御土垒，其后不远处摆放着排列整齐的大炮。

"这简直就是用石器时代的武器来对抗现代科技。"炮兵哼笑道，"他们还没尝过那热射线的滋味呢。"

未直接参与工事的军官们站立着，目光越过树梢投向西南方，而忙碌的士兵们也不时地停下手中的铲子，朝同一方向望去。

拜弗利特一片混乱，居民们急匆匆地打包家当。此时来了一队轻骑兵，他们或骑马或步行，四处驱赶民众。街道上，几辆涂有白色十字标志的黑色的政府马车和一辆旧式公共马车正在紧急装载物品。路上挤满了人，他们大多严守安息日的礼仪，都穿得比较庄重。而士兵们正在竭尽所能地让人们意识到他们的处境有多危险。我看到一位干瘦的老头，他旁边放着一个巨大的箱子和二十余个装有兰花的花盆，正与一位不允许他将这些物品带上车的下士激烈争辩。我走上前，抓住了他的胳膊。

"你知道那片松林后面藏着什么吗？"我指着远处的树梢问道。

"啊？"他惊讶地转过身说，"我正在跟他解释这些东西值不少钱。"

"死亡！"我高声警告，"死亡正在逼近！死亡！"说完我就去追炮兵了，留下老人独自去消化这个信息（如果他可以的话）。走到街角时，我回头看了一眼，士兵已经走开了，老人还站在他的大箱子旁，箱子上摆满了兰花，他呆呆地凝视着前方的松林。

在韦布里奇，无人能告诉我们指挥部的所在位置。整个小镇陷入前所未有的混乱之中。马车、各种古怪的交通工具及各式马匹都随处可见。而小镇上那些富裕的居民们，男士们身着高尔夫或划船服装，女士们也打扮得光鲜亮丽，大家都在忙着收拾行李。常在河边混的懒汉们也在积极地搭把手，孩子们则因这个不同寻常的周日而感到无比兴奋，多数人对这突发的全新体验感觉既惊奇又欢乐。在这一片混乱中，一位德高望重的牧师，没有半点惧怕之意，义无反顾地进行晨祷，他手中的铃铛叮当作响，在小镇的喧嚣之上显得格外响亮。

我和炮兵坐在饮水喷泉的台阶上，用我们带来的干粮凑合着充饥。周围巡逻的不再是轻骑兵，而是身着洁白制服的掷弹兵。他们严肃地警告人们，要么立刻撤离，要么一旦交火就迅速躲入地下避难所。我们穿过铁路桥时，目睹了越来越多的人在火车站及其周边聚集，熙熙攘攘的站台上堆满了各色箱包。我推测，为了让部队和大炮通行，那些平常的交通早已停运了。后来我听说，在加设的特别列车上，人们为了争夺座位打了起来。

我们在韦布里奇逗留至中午，随后来到谢珀顿附近，那里是韦河与泰晤士河的交汇之地。在那里，我们花了一些时间帮两个老妇人往一辆小车上搬运东西。韦河有三个出口，在这里可以租到船，还有一个渡口可以通往河对岸。谢珀顿一侧有一家带草坪的旅馆，而在更远处，谢珀顿教堂原本的塔楼如今被一座尖顶所取代，在林间若隐若现。

码头上，一群惊慌失措的逃难者正激动地议论纷纷。尽管撤离尚未转变为一场彻底的混乱，但这里的人群数量已远远超出了往来船只的承载极限。人们拖着沉重的行李，喘息着匆忙前行。一对夫妇甚至抬着一扇拆下的门板，上面堆满了他们仓促打包的家什。一位男子向我们透露，他打算试着从谢珀顿车站逃离。

四周充斥着紧张的叫喊声，竟还有人在开着玩笑。这些人似乎认为火星人不过是些力大无穷的外星人类，可能会对这座城镇发起攻击和劫掠，但最终必将被击退。人们时不时忧心忡忡地望向韦河对岸，眼神掠过通往彻特西的静谧草地，那边依旧一片宁静。

泰晤士河对岸，除了船只登陆的地方，一切都静悄悄的，与萨里一侧简直是天壤之别。下船的人们沿着小路匆匆离去。一艘大渡船刚刚完成了一次往返。几名士兵懒洋洋地站在旅馆的草坪上，注视着这些逃难者，非但不伸出援手，还冷眼相待，甚至开起无情的玩笑。旅馆的大门紧闭，因为此时已过了允许营业的时间。

"那是什么声音？"一位船工惊讶地喊道。

"闭嘴，蠢货！"我身旁的一位男士对着一只狂吠的狗厉声叫道。

紧接着，从彻特西方向再次传来了声音——这次是一声闷响，那是炮火的轰鸣。

战斗打响了。几乎在瞬间，我们右侧的河对岸，被树木掩映的隐秘炮台开始了齐射，此前我们竟浑然未觉。一声女性的惊叫划破寂静。众人皆被这场近在眼前却又隐于无形的战斗所吸引，立刻停下脚步。视野中，除了平坦的绿野、安详吃草的牛群，以及在温暖阳光下泛着清辉的银白色杨柳，再无他物。

"士兵们会阻止它们的，对吗？"我身边的一位女性带着不确定的语气说道。树梢上方，缥缈的薄雾缓缓升腾。

紧接着，远处河面上空突然升起一股烟雾，腾空而起后悬停。紧随其后，地面震颤，一声巨响在空气中迸发，附近数栋房屋的玻璃应声碎裂，我们都被这突如其来的变故惊呆了。

"看，火星人来了！"一名穿蓝色运动衫的男子大声喊道，"那边！你们看到了吗？就在那边！"

话音刚落，远方小树丛之上，通往彻特西的辽阔草原那端，陆续出现了四名身穿战甲的火星人。它们步伐匆匆，一个接一个，迅速向河岸方向挺进。从远处望去，它们似乎是戴着兜帽的小人，以一种滚动的动作前行，速度之快，堪比翱翔的飞鸟。

紧接着，第五个火星人从斜对面朝我们走来。它们的铠甲在阳光下闪闪发光，迅速向炮台进发，距离越近，它们的身形愈发显得巨大。最左边的一个，也就是最远的那个，高高举起一个巨箱，在空中挥舞。那令人心悸的、如幽灵般恐怖的热射线，我在周五晚上已经目睹，此刻正向彻特西袭来，直击这座小镇。

在这些奇异、迅捷且可怕的生物出现的瞬间，水边的人群瞬间陷入惊骇。周围没有尖叫声，也无喧嚷，只剩下一片沉默。紧接着，嘶哑的低语和脚步声响起，水面溅起水花。一个男人吓得连肩上的行李箱也顾不得扔下，转身时箱角撞到我，害得我差点摔倒。一名女士用手一把将我推开，匆忙从我身边冲过。人群开始慌乱地向前挤着，我转不过身，但此时我的理智并未完全被恐惧吞噬。那可怕的热射线在我脑中挥之不去——要找到藏身之地！对了，就是水下！

　　"快，躲进水里！"我大喊道，但没人理睬。

　　我又转过身，朝着迎面走来的火星人猛冲过去，直接冲下砾石滩，一头扎进水里。其他人也纷纷效仿。一条载满乘客的船正在返航，见我冲过去，船上的人便也纷纷跳入河中。我脚下的石头湿滑不堪，河水极浅，跑了大约二十英尺，水深仅及腰部。火星人的巨大身躯出现在距离我不到二百码的地方时，我便一头扑进水里。船上的人还在一个接一个地跳进水里，"扑通，扑通"的声音如雷鸣般在我耳中炸响。两岸的人急忙登陆，惊慌逃散。但此时，火星生物对于四处逃窜的人群毫不关心，就像人类对脚下无意踢到的蚁巢毫不在意一样。就在我几乎快要窒息的时候，我抬头露出水面，只见火星人的头盔正对着对岸仍在射击的炮台，一边前进，一边挥动着那看似热射线发射器的巨物。

转瞬间，火星人已登上河岸，一个大步便跨过了半个河面。它前端的腿在远岸轻轻一弯，接着便迅速挺直，高高耸立，靠近谢珀顿村庄。紧接着，隐藏在右岸村庄郊外的六门大炮同时开火。这突如其来的爆炸声近在咫尺，一发接着一发，让我的心怦怦直跳。第一枚炮弹在火星怪物上方六码处爆炸时，那怪物正将热射线喷射器举过头顶。

我吓得惊呼起来。此刻，我的全部注意力都集中在眼前这场激战上，至于其他四个火星怪物，我既没有看见，也无暇顾及。紧接着，另外两枚炮弹同时在火星人头顶上炸开。它的头一转，第四枚炮弹迎面袭来，令它来不及躲避。

炮弹正中火星怪物的面部。头罩当即膨胀变形，随即爆炸，化为一片片红色的血肉和闪烁的金属碎片。

"打中了！"我边尖叫边欢呼。

水里躲着的人听见我的欢呼也纷纷回应。那时候，我太兴奋了，差点儿从水里跳出来。

断了头的火星人摇摇晃晃，就像是一个醉酒的巨人，但它并未倒下，反而奇迹般地恢复了平衡。它抬起脚，高高举起热射线喷射器，迅速地朝着谢珀顿前进。罩子内的那个火星人的头颅已被击碎，鲜血四溅，如今它不过是一个复杂的金属装置，正摇摇晃晃地走向死亡。它无法辨别方向，只能沿着直线前进。它撞上了谢珀顿教堂的塔楼，塔楼就像被撞城锤撞击一样，轰然倒塌。随即，火星巨兽突然改变方向，踉跄地继续前行，然后重重地栽进河里，彻底消失不见。

而后，巨大的爆炸声传来，空气都随之震动，河水、蒸汽、泥土和金属碎片一齐射向天空。热射线喷射器掉进河里，河水立刻化为蒸汽。接着，一个巨大的波浪，携带着泥浆，如同滚滚潮水般席卷而来，但温度却近乎滚烫，从上游的弯道冲刷过来。人们挣扎着向岸边游去，在火星人倒下的沸腾和轰鸣里，隐约传来人们微弱的尖叫和呼喊声。

一瞬间，我竟然忘记了四周的热浪，忘记了要保护自己。等回过神来，我推开一名黑衣人，冲向河道的拐弯处，想看清楚弯道的情况。六七艘空无一人的小船在波涛中漫无目的地摇摆。往下游看去，倒下的火星人横卧在河中，身体大部分已经被水淹没。

浓密的蒸汽从残骸中腾起，透过这一缕缕蒸汽，我隐约看到火星人正在用巨大的肢体搅动河水，泥沫和泡沫飞溅向空中。触手像真的手臂一般摇摆、击打，那无助的、毫无章法的动作，看起来仿佛一只受伤的生物在波涛中挣扎着求生。大量的赤褐色液体从机器中喷涌而出，同时伴随着响亮的喷射声。

这场死亡的狂潮被一阵狂怒的叫嚷声打断，那声音就像我们制造业小镇里常听到的警报声。一个男人站在拖船道附近水深齐膝的地方，朝着我喊，可我没听清他具体说了什么，随即，他指了指我的身后，我回头一看，发现其他的火星人正从彻特西方向沿着河岸大步走来。这次，就连谢珀顿的炮火也无济于事。

我迅速潜入水中，紧闭气息，忍受着越来越强烈的痛苦，在水下笨拙地前行，直到再也无法承受。我周遭的水域剧烈翻腾，温度急速升高。

当我短暂抬头换气，将头发和水花甩离眼前时，升腾的蒸汽形成了一个旋转的白色雾团，完全遮住了火星人。四周的噪声震耳欲聋，透过朦胧的雾气，我隐约看到了它们——那些在雾气中显得更为庞大的灰色巨影。它们已经从我身边走过，其中两个正俯身看着同伴的遗骸，泡沫翻腾，河水沸腾。

第三个和第四个火星人站在水中，一个离我大概两百码远，另一个则面朝莱勒姆。热射线发射器在空中高高挥舞着，伴随着发出的尖啸声，光束四处射击。

空气中充斥着震耳欲聋的混杂声响——火星人行进时发出的金属的铿锵声，房屋倒塌的轰隆声，树木、围栏、小屋瞬间燃烧的轰然声，还有火焰的噼啪声。浓密的黑烟与河面上的蒸汽融合，随着热射线在韦布里奇上空往返穿梭，被击中的地方便闪现出耀眼的白光，紧接着便是一团团灼热、鲜艳的火焰。近处的房屋还算完好，仿佛在等待着命运的裁决，它们在蒸汽中显得模糊、暗淡、苍白，背后的火焰在不断跳动。

我呆呆地站在水里，滚烫的河水基本上已经齐胸。我茫然无措，自觉逃生的希望已经十分渺茫。透过腾腾烟雾，我看到先前与我同在河中的人们，正从芦苇丛中挣扎着爬出水面，他们像是从草间惊起的小青蛙，在人类的逼近下匆忙逃窜，在拖船道上慌乱无措地奔跑。

突然间，热射线的白光向我飞掠而来。接触到它的房屋瞬间坍塌，爆发出火焰；树木在一声轰鸣中燃起火光。热射线在拖船道上忽上忽下，吞噬着四处奔逃的人们，最终来到离我不到五十码的河边。它横扫过河面，直奔谢珀顿，所经之处的水面沸腾起来，冒着蒸汽。见状，我转身朝岸边逃去。

就在那一刻，几乎已经沸腾的巨浪向我袭来。我放声尖叫，身体被烫伤，几近失明，痛苦万分。我在滚烫的水流中艰难前行，挣扎着向岸边逃去。如果我脚下一绊，就会命丧当场。最终，我走不动了，筋疲力尽地倒在通往韦河和泰晤士河的岬角。那是一片光秃秃的、宽阔的砾石滩。此时，我唯有等死。

我模糊地记得，一只火星人的巨足在离我的头部不足二十码的距离猛然降落，狠狠地踏入松散的砾石之中，搅动起的碎石飞扬，又轻盈地抬起，然后就是一段漫长而惊悚的等待。四个火星人抬着同伴的残骸离开，在烟雾的遮蔽下时隐时现，好像跨过了无尽的河流和草地。我慢慢回过神来——我好像奇迹般地逃脱了死亡。

第十三章　偶遇牧师

意识到地球武器的强大威力之后，火星人迅速撤回到它们最初降落的霍塞尔公地。它们忙着运送同伴的残骸，自然忽略了像我这样渺小、零散的幸存者。如果它们抛下伤亡的同伴，继续往前进攻，那它们与伦敦之间的障碍只剩下一些装备十二磅大炮的炮兵阵地。它们肯定能在消息传出之前抵达首都。火星人的到来将像一个世纪前摧毁里斯本的地震①一样，突如其来、可怕而又具有毁灭性。

它们似乎并不急于行动。一个接一个的圆筒在星际飞行中穿越太空，每隔二十四小时便有新的援兵加入。与此同时，陆军和海军高层也充分认识到了敌人的强大威力，正在极力应对，每分钟都会部署新的大炮。直至黄昏降临，金斯顿和里士满周

---

① 里斯本地震（1755 年 11 月 1 日）是迄今为止欧洲历史上最具破坏性的地震，震级估计达 8.5 到 9.0 级，并引发海啸和火灾，导致约 6 万至 10 万人死亡，几乎摧毁了整个里斯本。

围的丘陵斜坡上，每一片林地、郊区的别墅群都掩藏着伺机发射的黑色炮口。而在霍塞尔公地，火星人大本营周围焦黑荒凉的区域——大约总共二十平方英里——潜伏着无数全神贯注的侦察兵。他们趴在前一天还是松树林，如今却已焦黑冒烟的小路边，随时准备用日光反射信号器向炮兵发出火星人靠近的预警。但火星人现已洞悉我们对大炮的操控及接近人类的危险，除非不惜生命，否则无人敢踏入圆筒一英里范围内的禁区。

午后，这些庞然大物在阿德尔斯通高尔夫球场的第二个圆筒和皮尔福德的第三个圆筒之间来回穿梭，将所有物资转移到霍塞尔公地的沙坑内。在那里，一个火星巨人站在焦黑的石楠丛和房屋废墟附近放哨，其他火星人则下到坑里，一直忙到深夜。坑中升起浓密的绿色烟柱，即使是在梅罗周围的山丘上也清晰可见，甚至有传闻说，站在班斯特德和埃普瑟姆的丘陵上也能看到。

在我身后，火星人正在准备下一次攻击；而在我前方，人类正集结待战。我历尽千辛万苦，从韦布里奇熊熊燃烧的火焰和滚滚浓烟中挣扎着向伦敦方向前进。

我发现了一艘漂流在下游的被弃用的小船，便脱掉了浸湿的衣物，努力追上它，并因此逃离了这场劫难。船上没有桨，我只好用烫伤的手充当船桨，艰难前行，朝着哈利福德和沃尔顿的方向缓慢前进，并不时回头张望。我选择沿河而下，因为我认为如果这些巨人返回，躲进水里也许是最好的逃生机会。

火星人倒在河水里之后，热气蒸腾的河水便顺流而下，因此，我漂流了将近一英里，仍看不清河岸上的状况。但有一刻，我模糊地看到一串黑色身影正从韦布里奇方向急匆匆地穿越草地。哈利福德似乎空无一人，几座面朝河流的房屋被火焰吞噬。在炽热的蓝天下，这个平静而荒凉的场景令人不寒而栗。只见细小的烟柱和火苗直冲午后的烈日，燃烧的房屋无人围观——这还是头一遭。沿河的更远处，干枯的芦苇在烟雾中闪耀，烈火沿着晚收的干草地蔓延着形成一道火线。

经历一番风波后，我在炽热的水面上漂流了许久，身心俱是疲惫至极。随着时间的推移，恐惧再次占据了我的心头，我继续划着船前进。我赤裸的背在烈日下被炙烤着。终于，在一个转弯处，我看到了沃尔顿桥。此时高烧和晕眩终于压倒了恐惧，向我袭来，我靠岸停下，倒在米德尔塞克斯河岸的长草中，感觉自己濒临死亡。那时大概是四五点钟，稍做休息后，我又起身步行了约半英里，却未见一人，于是又倒在一片树篱的阴影下休息。我记得在最后一段路上，我像疯子一样自言自语。我极度口渴，为自己没有多喝些水而懊悔。奇怪的是，我竟然对妻子生起气来，我自己也无法解释这种情绪，无法到达莱瑟黑德的无力感让我异常焦虑。

我不记得牧师是什么时候来的，可能那时我打盹了。当我意识到他的存在时，就见他坐在那里，穿着沾满煤烟的衬衫，胡须剃得格外干净，正抬头盯着天空中一颗舞动的闪烁着的光点。天空中是所谓的"鲭鱼天"——层层叠叠的细羽云，被仲夏日落的余晖染上了淡淡的色彩。

　　我坐起来，他听见动静，回头看我。

　　"你有水吗？"我问道。

　　他摇了摇头。

　　"过去一个小时你一直在要水。"他说。

　　我们默默地对视了一会儿，互相打量。我敢肯定，在他眼中，我这身打扮颇为古怪：除了湿漉漉的裤子和袜子，我浑身赤裸。我的皮肤因烫伤而泛红，脸与肩膀则被浓烟熏黑。他的面容显得过于柔弱，下巴略显后缩，金黄色卷发轻盈地覆盖在他低矮的额头上；他那双大眼睛呈淡蓝色，目光呆滞。他突然开口，眼神空洞地从我身上移开。

　　"那些是什么？"他说，"那些东西到底是怎么回事？"

　　我盯着他，没有回答。

　　他伸出一只苍白的手，几乎带着抱怨的语气说：

　　"为什么会发生这些事情？我们犯了什么罪？早祷结束了，我在路上散步，想整理一下下午的思绪，接着便是——火灾、地震、死亡！仿佛是上帝对索多玛和蛾摩拉①的惩罚！我们的所有努力全都付诸东流，都被毁了！这些火星人到底是什么鬼东西？"

"我们自己又算什么呢？"我清了清嗓子回答道。

他双手抱着膝盖转头再次看着我。大概过了半分钟，他什么都没说。

"我在路上散步，想整理一下思绪，"他说，"突然——火灾、地震、死亡！"

然后他又陷入了沉默，把头埋在膝盖间。

过了一会儿，他摆了摆手。

"我们所有的努力——那么多的主日学校——韦布里奇究竟犯了什么罪？我们犯了什么罪？一切都结束了，一切都被毁了。教堂！三年前才重建的。现在全都化为乌有！为什么会这样？"

他稍做停顿，随后丧心病狂般再次爆发。

"烈火熊熊燃烧，黑烟不断！"他大声喊道。

他用瘦削的手指指向韦布里奇的方向，眼里充满怒火。

这时，我开始逐渐理解他的处境。显然，他是从韦布里奇来的，这一巨大悲剧已经将他逼到了崩溃的边缘。

---

① 索多玛（Sodom）与蛾摩拉（Gomorrah）是《圣经·创世纪》中记载的两座罪恶之城，因居民道德败坏、行为堕落（包括淫乱、背信弃义、虐待外人等）而被上帝以"硫黄与火"彻底毁灭。

"我们离森伯里远吗？"我试图保持冷静地问道。

"我们该怎么办？"他没有回答，而是继续问道，"这些生物到处都是吗？地球是不是已经被它们占领了？"

"我们离森伯里远吗？"我又问了一次。

"今天早上我还在主持礼拜仪式——"

"一切都变了，"我平静地说道，"你必须保持头脑清醒。还有一线希望。"

"希望！"

"是的，尽管一切都被摧毁，但仍然存在希望！"

我开始向他阐述我们的处境。起初，他似乎对我的话颇为感兴趣，但随着我继续说下去，他那充满好奇的眼神逐渐恢复先前的空洞，视线也从我身上移开。

"世界末日的序幕已经拉开。"他打断了我，"末日！主伟大且可怕的审判日！那时，人们将呼唤山岳和岩石，祈求它们倾覆而下，将他们掩藏——遮蔽他们，免于那位高坐宝座之上者的目光！"

我开始意识到，向他解释这一切简直是对牛弹琴，于是不再说下去。我挣扎着站起来，站在他面前，把手放在他的肩膀上。

"振作起来！"我说道，"你只是被惊吓过度了！如果信仰在灾难面前轻易崩溃，那又有何意义？想想看，地震、洪水、战争、火山爆发曾经给人类带来了怎样的灾难！你以为上帝会特别护佑韦布里奇吗？他并不是个保险公司的代理。"

他安静地坐了一会儿。

"但我们怎样才能逃脱？"他突然问道，"火星人无坚不摧、无情无义。"

"也许它们并非无坚不摧，也并非无情。"我回答道。

"它们越是强大，我们就越需要保持冷静和警惕。就在三个小时前，有一个火星生物就在那边被击毙了。"

"被击毙！"他惊讶地四处张望，"上帝的使者怎么可能被击毙？"

"我亲眼看到的。"我继续向他解释，"我们只是恰巧处于这场冲突的中心，"我说，"仅此而已。"

"天空中那个闪光的东西是什么？"他突然问。

我告诉他那是日光反射信号器，是人类团结一致、共同御敌的标志。

我向他解释，那是信号灯发出的光信号，象征着人类在天空中的求救与努力。"我们正身处风暴的中心，"我说，"尽管它看似平静。但那片闪烁的天空说明暴风雨就要来了。那边应该是火星人的据点。而朝伦敦方向，在里士满和金斯顿的群山之间、树木掩映之处，人类正在紧锣密鼓地建设防御工事，部署重炮。不久后，火星人将再度来袭。"

我话音未落，他突然站起身来，示意我安静。

"听！"他说。

从河对面低矮山丘的那端，隐隐传来了远处炮火的沉闷回声和一阵遥远、怪异的呼喊。接着，一切都陷入寂静。一只金龟子嗡嗡作响地飞过篱笆，掠过我们身旁。在烟雾与落日余晖的映衬下，新月高悬于西边的韦布里奇和谢珀顿上空，苍白而淡雅。

"我们最好沿着这条小路走，"我提议道，"一路向北走。"

第十四章　伦敦危机

当火星人降落在沃金时，我的弟弟恰好在伦敦。他是一名医学院的学生，当时正埋头苦读，为一场临近的重要考试做准备，因此直到周六的清晨，他才听闻火星人的到来。周六的晨报除了刊登关于火星、行星生命等方面的详尽专题文章外，还有一则措辞含糊、内容简略的电报，它的简洁反而使其更显震撼。

电报中提到，随着人群的逼近，火星人陷入了惊慌，被迫使用了快速射击武器，导致多人不幸丧生。电报的结尾这样写道："尽管火星人表现得强势凶猛，但它们未能从坠入的大坑中挪动分毫，实则束手无策。这或许是因为地球的引力远超它们的预期。"对于这一点，报纸的首席评论员给出了详尽且略带安抚的解读。

当天，我弟弟正好参加了一个生物学补习班，那里的学生无一不被火星人的传闻所吸引。然而，街道上一如往昔，并未显现出任何异常激动的迹象。下午版的报纸在醒目的标题下发布了一些零散的消息，但除了描述部队在公地的活动和沃金与韦布里奇之间的松树林火灾外，再无其他。直到晚上八点，由《圣詹姆斯公报》发布的特别紧急版，才简要宣布了电报通讯中断的事实。而关于我驱车往返莱瑟黑德那晚战斗的更多细节，却只字未提。人们普遍认为这是因为燃烧的松树倒塌阻断了通信线路。

我的弟弟对我们的安危并不担忧，因为报纸上的报道称，那个陨石圆筒距离我家至少有两英里。他打定主意，要在那晚赶来看望我，如他所言，是为了在那些异星生物被剿灭之前亲眼见证一番。他在下午四点左右发出了一封电报，但我并未收到。那晚，他便在音乐厅里消磨时光。

在伦敦，同样是在周六的夜晚，一场雷暴肆虐。弟弟乘坐出租马车到达滑铁卢站，打听到半夜的火车通常在哪个站台出发。他在那儿等了一会儿，随后听说前往沃金的火车因故取消了。至于具体发生了什么，他无从得知，事实上，连铁路管理当局也不清楚。车站内几乎没有什么骚动，因为官员们没意识到除了拜弗利特和沃金交界处的故障外，还有其他事故发生，于是照常将正常情况下经过沃金的剧院专列①，改道弗吉尼亚湖

---

① 在 19 世纪末至 20 世纪初的英国（尤其伦敦），"剧院专列"（theatre trains）特指为方便观看夜间剧院演出的观众回家而增开的末班列车。

和吉尔福德。同时，他们忙着为周日开往南安普敦和朴次茅斯的足球联赛观众专列调整路线。一名夜间报纸记者误将我弟弟当成交通经理——他们的长相略有几分相似——拦住他想做个专访。除了火车站的管理员，几乎没人将铁路故障与火星人的出现联系起来。

在我读到的另一篇关于这些事件的报道中，有这样一句话："沃金的消息让整个伦敦都为之震动。"但实际上，这样夸张的说法毫无根据。直到周一早上的恐慌发生前，许多伦敦人都未曾听说过火星人的事情。即使后来听说了，他们也在很久之后才意识到周日报纸上那些含糊其词的新闻报道意味着什么。而且大多数伦敦人并不阅读周日版报纸。

此外，伦敦人内心深植的安全感，加上对报纸上层出不穷的惊人消息司空见惯，使得他们在阅读下面的新闻时也未产生任何恐慌："昨晚大约七点，火星人从圆筒中走出，身披金属盾牌，四处游动，它们彻底摧毁了沃金车站及其邻近的房屋，并屠杀了卡迪根军团的一整个营，详细情况还需进一步确认。马克沁重机枪对它们的装甲毫无作用，野战炮也已被它们击毁。骠骑军正向彻特西疾驰。火星人似乎正缓慢地向彻特西或温莎移动。西萨里郡现正笼罩在巨大的恐慌之中，人们正忙着筑起土垒，以阻止火星人朝伦敦方向推进。"这是《太阳报》周日版的报道内容。而《裁判员》报上的一篇即时专题文章还"幽默"

地将这场事件比作一群野兽突然闯入村庄。

那时的伦敦人对那些披着金属装甲的火星人究竟是何方神圣一无所知。更有甚者，他们坚信这些异形生物必定行动缓慢，以至于"爬行""痛苦地缓慢移动"等描述几乎贯穿于所有早期的报道中。显然，这些报道中没有一篇是出自目击者之手。每当有新消息传出，周日版报纸便匆忙印刷特刊，即便消息匮乏也是如此。然而，直到下午晚些时候，当局才向新闻机构公布了他们手中的信息，但实际可告知民众的内容寥寥无几，只是说沃尔顿、韦布里奇以及周边地区的人们都涌向了伦敦方向。

那天清晨，我弟弟前往弃婴医院的教堂参加礼拜，对前夜发生的异变毫不知情。在教堂内，他听到了关于火星人入侵的传闻和为和平而设的特别祷告。离开教堂后，他购买了一份《裁判员》报纸，报纸上的消息令他惊慌不已。于是他再次前往滑铁卢车站，想要了解通讯是否已经恢复。那里挤满了公共马车、私人马车、自行车和穿着光鲜的行人，他们的心情似乎丝毫不受各家报刊上的奇特新闻的影响。人们或是表现出兴趣，即使感到不安，也只是替当地居民担忧罢了。在车站，他第一次听说温莎和彻特西线现在已经中断。搬运工告诉他，早上比弗利和彻特西车站发来了几条异常重要的电报，但此后，这些电报统统没有了音讯。除此之外，我弟弟再也没有听到任何消息。

"韦布里奇那边还在开战。"这就是他们所能提供的全部信息了。

火车站现在乱作一团。许多本来在此等待来自西南地区的朋友的人群聚集在车站。一位白发苍苍的老人过来跟我弟弟说话，痛斥西南铁路公司的无能。他说："这种情况真是让人无法忍受。"

在那个混乱的午后，一两列火车从里士满、帕特尼和金斯顿缓缓驶入车站，载着原本计划享受一天划船乐趣的人们。他们发现船闸关闭，四周弥漫着恐慌气氛，于是匆匆返回。一个穿着蓝白条纹运动夹克的男子走向我弟弟，急切地与他分享自己的奇异经历。

"成群结队的人们正驾驶着各式马车和小型车辆，匆忙向金斯顿撤离，他们携带着珍贵物品和各种行李。"他焦急地说道，"这些人来自莫尔西、韦布里奇和沃尔顿，说彻特西那边有枪声和密集的炮火声，骑兵警告他们立即撤离，火星人要来了。我们在汉普顿宫车站也听到了枪声，起初还以为是打雷。这究竟是怎么回事？火星人难道能从坑中逃脱出来吗？"

我弟弟一时也说不出个所以然。

慢慢地，车站里这片紧张的乌云已经蔓延到了地铁里。那些周日去巴恩斯、温布尔登、里士满公园、邱园这些西南地区游玩的人，一反常态回来得出奇的早。但除了那些模棱两可的消息，没人能讲清楚具体的细节。每位在终点站下车的乘客，都显得异常烦躁、心情不佳。

大约傍晚五点时分，车站内聚集的人群因东南和西南两大车站间的通道重新开放而激动万分。一列列装载着巨型火炮和挤满士兵的卡车缓缓驶过，这些大炮正是从伍尔维奇和查塔姆调派而来，以加强金斯顿防线的重炮火力。人群中响起了一阵轻松的调侃："你们可得小心别被吃了！""我们才是驯兽的高手呢！"诸如此类。不久之后，一队警察进入车站，开始疏散站台上的人群。于是，我的弟弟出了站，走到街上。

教堂的钟声响了，到了晚祷时间了。一队救世军①的姑娘们载歌载舞地沿着滑铁卢路行进。在桥上，几个游手好闲的人正观察着一些奇怪的棕色浮渣，它们成片成片地随水流漂流而下。夕阳西下，大本钟和议会大厦在金色的天空下显得格外庄严，天空中布满了条纹状的紫红色云彩，宁静至极。人们议论着河中漂浮的尸体。其中一名自称是预备役士兵的男子告诉我弟弟，他在西方看到了信号灯闪烁。

在威灵顿街，我弟弟遇到了两个身材结实、衣衫粗糙的壮汉，他们刚从舰队街匆匆赶来，手里还拿着刚印好的报纸和写着耸人听闻的标题的标语牌。"天降浩劫！"他们沿街高喊，

---

① 由英国人威廉·布斯于1865年建立的一个国际性宗教及慈善公益组织。它有一个称号，为"以爱心代替枪炮的军队"。

"韦布里奇的战斗爆发！详尽报道！火星人被击退！伦敦陷入危机！"最终，我弟弟花三便士买了一份报纸。

正是在那时，他才真正意识到这些怪物的可怕力量和恐怖本质。他了解到，火星人并非是一群行动迟缓的生物，而是操控着庞大机械身躯的智慧生命。它们动作迅捷，攻击力惊人，即便是最强大的大炮也难以抵御它们的进攻。

报纸上将它们描述为"类似蜘蛛的巨型机械，高达近百英尺，速度可媲美特快列车，能够发射出极其强烈的热射线"。在霍塞尔公地周围，特别是沃金地区至伦敦之间，已秘密布置了以野战炮为主的炮兵阵地。五个火星人正在朝泰晤士河行进，其中一个已经被消灭。除此之外，所有炮弹都未击中目标，炮台已被热射线摧毁，大量士兵伤亡。虽然如此，报道的总基调还是比较乐观的。

火星人一度受到挫败，说明它们并非坚不可摧。它们再度退回到沃金附近的三个圆筒构筑的三角地带。四面八方的信号员带着日光信号机，正迅速向火星人的阵地逼近。从温莎、朴次茅斯、奥尔德肖特、伍尔维奇乃至北方，重型火炮正被加速运往前线，其中不乏伍尔维奇制造的重达九十五吨的长管火炮。累计一百一十六门火炮正被迅速部署，主要聚焦于保护伦敦。这样规模庞大、速度迅猛的军事物资集结，在英国史无前例。

为应对可能的新降落的圆筒，正在加紧进行烈性炸药的生产和分配，一旦有新的圆筒降落，我们希望能立刻用炸药将其摧毁。报告中虽然描绘了一种前所未有且极其严峻的局势，但仍呼吁公众保持冷静，避免恐慌。火星人无疑是极为可怕的生物，但即便如此，它们的数量最多也不过二十个，而我们拥有数以百万计的人民的力量。

这种推测绝非毫无根据。从这些圆筒的体积判断，每个圆筒内最多容纳五名火星人，总数不超过十五名。至少已有一名被成功剿灭，可能还有更多。面对迫近的威胁，当局将及时发出警告，并已部署周密的预案，以保护西南郊区民众的安全。因此，这份几乎等同于宣言的公告在结束时再次强调，伦敦的安全牢不可破，当局完全有能力应对这场危机。

这篇报道的超大标题赫然印在纸上，印刷的油墨还没干透，甚至来不及加上几行评论。我弟弟说，平时报纸的常规内容被无情删减，只为给这条突发新闻留出版面，实在令人好奇。

在威灵顿街上，随处可以看到翻阅着粉色报纸①的人。与此同时，斯特兰德街因众多叫卖者的涌入而变得喧哗异常。人们纷纷走下公交汽车，争相购买这份报纸。无疑，这条新闻引发了人们的强烈关注，打破了他们之前的冷漠。我弟弟还提到，斯特兰德街上的一家地图店刚刚拉开百叶窗，店内一位身着周

---

① 粉色报纸（pink sheet）特指 19 世纪末至 20 世纪初英国流行的财经类报纸，因其采用粉色新闻纸印刷而得名。最著名的代表是《金融时报》《体育时报》等。

日正装、戴着柠檬黄色手套的男子，正在慌张地将萨里郡的地图贴在橱窗玻璃上。

我弟弟拿着报纸，从斯特兰德街走到特拉法加广场，看见几个从西萨里郡逃来的难民。一对夫妇带着两个孩子，还有一些家具，都装在一个菜贩子用的马车上。他们从威斯敏斯特桥的方向驶来，紧随其后的是一辆运干草的马车，里头坐着五六个穿着体面的有钱人，带着一些家什和箱子。这些人面色憔悴，与马车上正装出行、庆祝安息日的人们形成了鲜明对比。马车里那些穿着光鲜的人时不时探出头来，好奇地打量着他们。他们停在广场上，似乎在犹豫该走哪条路，最后他们选择沿着斯特兰德街向东走。他们后面是一名身着工作服的男子，骑着那种前轮很小的老式三轮车。他满脸尘土，面色苍白。

我弟弟继续朝着维多利亚的方向前进，沿途遇到了更多这样的逃难者。他心中隐约希望能在人群中找到我的身影。他注意到，街上的警察异常的多，正在疏导交通。一些逃难者正与马车上的乘客交换着最新的消息。其中一人声称亲眼见过火星人："真的，它们就像踩着高跷的锅炉，像人类一样迈着大步。"大部分人都变得异常兴奋，这种神奇的经历让他们的精神振奋不已。

随着难民越来越多，维多利亚的酒馆生意越来越红火，几乎每个街角都围满了人群，他们或是翻阅着报纸，或是激动地交谈，或是好奇地注视着这些不同寻常的周日来客。随着夜色渐浓，这些人似乎越聚越多，直到最后，道路拥挤不堪。我弟弟说，直到最后，那街道就跟赛马日的埃普瑟姆大街一样。他跟几个难民打听情况，可没能问出什么有价值的信息来。

几乎没人能提供关于沃金的任何消息，唯有一人坚称，沃金在前一夜已被彻底摧毁了。

那人说："我从拜弗利特来。一早有个骑自行车的人穿过镇子，敲门告诫我们赶紧逃离。然后士兵来了。我们出门一探究竟，只见南方天际烟雾滚滚——除了烟雾什么也没有，也没有看到任何人从那边过来。接着，我们听到了彻特西方向的炮火声，看到从韦布里奇逃来的人们。我便锁好门，匆匆赶来这里。"

当时，民众们怨声载道，他们普遍认为，因为相关部门没有采取有力措施消灭这些外星人，由此造成了诸多不便。

大约上午八点钟，伦敦南部传来了密集的炮火声。在大街上车水马龙的喧嚣中，我弟弟最初没有注意到这些声音。但当他绕过安静的后街，来到河边时，那些炮声变得清晰可辨。

大约下午两点钟，他从威斯敏斯特走到了摄政公园附近的公寓。现在他非常担心我的安危，如今事态的严重程度让他感到心神不宁。就像我周六那天所想的一样，他也不禁去思考军方的各种行动，想到那些严阵以待的炮火、无家可归的难民，他开始幻想那些"踩着高跷的锅炉"究竟是何种模样。

牛津街上偶尔有一两辆载着难民的马车经过，马里波恩路上也有几辆。不过此时消息还没有传到摄政街和波特兰区，那里的人们还像往常的周日夜晚一样，外出散步，成群结队地交谈着。在摄政公园的边上，夜晚的煤气灯四处亮着，照着那些以"外出散步"为由头的小情侣们，一切看起来一如往常。那晚温暖而平静，有些闷热。远处的炮声时断时续，午夜过后，南方天际似乎闪着雷电。

他一遍又一遍地读着报纸，生怕我已经遭遇不测。他坐立不安，晚饭后又出门漫无目的地四处闲逛。回家后，他开始强迫自己将注意力转移到学习上，复习备考，但是徒劳无功。午夜刚过，他便上床睡下，却在凌晨从睡梦中惊醒，楼下响起连续的敲门声、奔跑声、隐约的鼓声和刺耳的钟声。天花板上跳动着红色的光影。他一时间愣在床上，惊讶地琢磨着是天破晓了，还是世界陷入了疯狂，随即跳下床，冲向窗口。

他的房间在阁楼上，当他伸头出去时，许多人家也纷纷拉开自家的提拉窗，探出头张望。街上人头攒动，一片混乱，"火星人来了！"一个警察挨家挨户地边敲门边喊道，"火星人来了！"

奥尔巴尼街的兵营传来鼓声和号角声，几乎每一座教堂都响起了激烈又无序的钟声，试图唤醒每个还在沉睡中的人。片刻之间，开门声连绵不绝，几乎家家户户的窗户都亮起黄色的灯光。

街道拐角处突然传来一阵喧闹声，一辆门窗紧闭的马车呼啸而来，马车的嘎吱声由远及近，越来越响亮，然后又慢慢消失了。紧随其后的，是两辆以出租马车为首的飞驰的车队。这些马车大多是奔着乔克农场站去的，而不是下坡去尤斯顿站。因为西北专列在乔克农场发车。

我弟弟呆呆地盯着窗外，看了很久，茫然地看着警察挨家挨户地敲门，传达着那些人们难以理解的消息。随后，身后的房门被打开，对面走廊的住客走了进来，他穿着衬衫、裤子和拖鞋，背带松垮地挂在腰间，头发被枕头压乱了。

"出什么事了？"他问，"着火了吗？外面怎么这么吵？"

他们俩都把头探出窗户，试图听清楚警察到底在喊什么。人们从小巷里出来，聚集在街角，成群结队地交谈。

"这到底是怎么回事？"我弟弟的室友说。

我弟弟随口应付了几句，然后开始穿衣服，每穿一件衣服，他都会跑到窗户边，以免错过窗外愈发高涨的喧闹。没过一会儿，街上传来了报童售卖早报的吆喝声，时间比平时提前了许多。

"伦敦危在旦夕！金斯顿和里士满的防御被突破！泰晤士河谷发生恐怖大屠杀！"

一眼望去，楼下的房间、街道两侧和对面的房屋、身后的公园露台，以及玛丽波恩、韦斯特伯恩公园、圣潘克拉斯，从西北的基尔本、圣约翰伍德和汉普斯特德，到东边的肖尔迪奇、海布里、哈格斯顿和霍克斯顿，实际上，整个伦敦区，从伊灵到东汉姆区——人们揉着惺忪的睡眼，纷纷打开窗户惊异地看着外面，一边提出无厘头的问题，一边急匆匆地换上衣物。恐惧风暴已经在街头蔓延，而这只是这场巨大恐慌的开端。周日晚上仍在沉睡、对任何事情毫无感知的伦敦，终于在周一凌晨时分被唤醒，意识到了自己的危险处境。

透过窗户实在看得不太清楚，我弟弟便下楼走到街上。那时，天边已经微亮，从房屋间隙里透出的一抹天空显示，红霞已经映染了天际。街上的人要么跑着，要么乘坐马车，逃跑的人越来越多。"黑烟！黑烟！"他听到人们喊着。此刻，几乎所有人都陷入恐慌之中。我弟弟刚跑回门前的台阶上，便看见了卖报的人，于是上前买了一份报纸。卖报的人也在和其他人一起逃跑，一边跑一边卖，对利润的渴望和对未知的恐慌在此刻交织成了一幅怪诞的画面。

报纸上刊载了总司令发出的灾难性通告：

火星人能够利用火箭发射巨量的黑色有毒烟雾。它们已经攻占了我们的炮兵阵地，摧毁了里士满、金斯顿和温布尔登，并正缓慢但坚决地朝伦敦推进，所到之处，生灵涂炭。我们无法阻止它们。唯一能做的就是立刻远离那滚滚黑烟。

虽然只有这么简短的几句话，但足以震撼人心。这座繁华的拥有六百万人口的大城开始悸动，人们慌不择路地奔逃。顷刻间，整座城市中的人开始成群结队地向北方逃散。

"黑烟！"人们惊叫着，"火！"

邻近教堂的钟声大作，铃声乱响，粗心的车夫驾驶着一辆马车，在尖叫和咒骂声中撞向街上的水槽。周围的房屋里闪烁着病态的黄色灯光，忽明忽暗。一些驶过的出租马车灯火通明。而头顶上方，天空越来越亮，看起来清澈、平静又宁静。

他听到房间内、楼梯上下回荡着匆忙的脚步声。房东夫人裹着睡袍和披肩来到门前，她的丈夫紧跟其后，嘴里不停地咕哝。

我弟弟开始意识到形势紧急，他迅速返回自己的房间，将所有可用的钱——总共约十英镑——塞进口袋，然后再次走出街道。

第十五章　萨里郡异象

在哈利福德平坦的草甸边缘，牧师正躲在树篱下，对我滔滔不绝地谈论着他的奇谈怪论，就在同一时刻，我的弟弟站在威斯敏斯特桥上，看着人们逃命似的涌过桥梁。正是在这一刻，火星人又开始了它们的进攻。从那些纷乱的报道中，我们可以了解到，直到那天晚上九点，大多数火星人仍在霍塞尔沙坑里忙于准备工作，加速进行着某种作业，释放出了大量浓郁的绿色烟雾。

然而，大约八点钟的时候，三个火星人现身了，它们缓慢而谨慎地穿过拜弗利特和皮尔福德，向里普利和韦布里奇进发。在夕阳的余晖中，火星人出现在了严阵以待的炮兵阵地前。这些火星人不是齐头并进，而是呈线状分布，每个火星人都与最近的同伴大约相隔 1.5 英里。它们用类似警报声的长嚎来进行交流，声音时高时低，仿佛在演奏一曲奇异的乐章。

那天在哈利福德，我们听到的嚎叫声和枪炮声，其实就来自圣乔治山的战斗。里普利的炮兵不过是些毫无经验的志愿者，本不该面对如此局面。他们慌乱地射出一轮无效的炮火，毫不顾及后果，然后有的骑马有的徒步，逃离了荒凉的村庄。与此同时，那个火星人竟然没用热射线，只是镇定自若地踏过炮架，突然来到佩因斯希尔公园，将那里的大炮一举摧毁。

但圣乔治山的炮兵就不同了，不管是指挥调度还是士气胆魄，都显得更为出色。他们隐蔽在松林之中，而火星人完全没有发现。他们有条不紊地架设大炮，像阅兵式中表现得一样精确，向着一千码外的目标开火。

炮弹在那个火星人周围炸开，它摇摇晃晃地往前走了几步，便倒下了。周围的人们发出一阵欢呼，大炮急忙重新装填。倒下的火星人发出一声悲凉的长鸣，紧接着，南方的树林中应声出现了另一个穿着铠甲的火星巨人。显然，一枚炮弹击中了它的一条腿。紧接着，第二拨炮火向摔在地上的火星人飞去，与此同时，它的两个同伴立刻用热射线瞄准了炮兵阵地。弹药库爆炸了，四周的松树立刻化为一片火海。只有少数几个已经跑到山顶的士兵幸运地逃脱了。

在这之后，这三个火星人不再发起攻击，似乎在商议什么。负责监视的侦查员报告，接下来的半个小时里，它们一动不动地停留在原地。那个被击倒的火星人艰难地从它的护罩中爬出来，远远看去，它就像一小块棕色的枯叶，或是一片奇怪的病斑，显然，它正在修理它的支撑设备。大约到了九点，它的修补工作结束了，那形似罩帽的身影再次出现在树梢之上。

那天晚上九点刚过，另外四个火星人与原先的三个会合了，每个都携带着一根粗大的黑色管子。原先的火星人也都分到了一根相同的管子。然后，这七个火星人在圣乔治山、韦布里奇、森德和里普利的西南面，沿着一条弯曲线路，等距离地分散开来。

当这些火星人开始移动时，它们前方的山丘上立即射出了十几枚火箭信号弹，向迪顿和埃舍尔的炮兵预警。同时，四个带着黑色管子的外星人穿过了河流。其中两个，在西边的天空下显露出黑色的轮廓，出现在我和牧师的视线中。我们当时正沿着从哈利福德向北延伸的道路疲惫且痛苦地匆忙前行。它们仿佛在云层之上滑行，因为一层淡淡的乳白色雾气笼罩着田野，雾气上升至它们身高的三分之一。从我们的视角来看，它们宛如乘坐在白云之上。

看到这一幕，牧师吓得声音都发颤，慌乱地跑了起来。但我清楚，逃不掉的。于是，我改变方向，穿过沾满露水的荨麻和荆棘丛，钻进了路边那条宽阔的沟渠里。他回头看到了我的举动，也跑过来，和我躲在了一起。

两个火星人停了下来，离我们近的那个面向森伯里站着，而另一个远处的火星人朝着斯泰恩斯的方向，在长庚星^①的映照下，恍如一团模糊的灰影。刚才偶尔还能听到火星人的嚎叫，但此刻已经完全停止了。它们静静地站在圆筒周围，组成了一条巨大的新月形阵线，一头一尾相隔十二英里。自火药发明以来，就没有哪场战争开始时会如此安静。无论是站在我们这里观察，还是在里普利那边，所见景象定然如出一辙——天已经挺黑了，光线很弱，只有一轮弦月、点点繁星和落日余晖，以及圣乔治山和佩恩希尔森林中闪烁的红色火光。火星人在这样的黑夜里显得特别扎眼，好像整片黑暗世界都是它们的地盘。

正对这片新月形战场的区域——斯坦因斯、豪恩斯洛、迪顿、埃舍尔、奥卡姆以及河以南的丘陵和树林后，抑或是河以北的广袤草甸，只要是树木密集或村庄房屋能提供足够的隐蔽，大炮们就都已就位，静待时机。突然，一个火箭信号弹蹿上天空，星火散落在夜空中，然后消失不见。所有的炮兵顿时精神紧绷到极点，准备随时发射。只要火星人一踏入射程，那些静止的黑色人影、那些在夜色中隐约闪烁的大炮，将会爆发出如雷霆般的战斗怒火。

我敢肯定，那成千上万心存戒备的人们，包括我在内，心中最重要的疑问便是火星人对我们了解多少。它们是否明白，

---

① 指金星。

我们数以百万计的人类是有组织、有纪律且协同作战的？或者它们将我们的火力进攻、炮弹轰击，以及对其营地的稳步围攻，理解为蜂巢受扰时那种狂暴一致的攻击吗？它们是否梦想着能将我们灭绝？（那时候，没人知道它们需要什么食物。）我望着火星哨兵巨大的身影，诸多此类问题在我的脑海中萦绕着。我心底里觉察出，在这里和伦敦之间，一定埋伏着强大的兵力。他们准备好陷阱了吗？豪恩斯洛的军火厂是否已经布下陷阱？伦敦人是否有勇气和决心，保护好他们的家园和民众？

在漫长得似乎无穷无尽的时光里，我们蜷缩着并透过树篱向外窥探，远处终于传来了类似炮声的轰鸣。一声紧随一声，愈发接近。随后，我们身边的火星人将它的管状武器高举过头，像枪一样开火，随之而来的沉重响声让大地都为之震颤。面朝斯坦因斯方向的火星人随即回应。没有火花，没有烟雾，只有炮弹的爆炸声。

这些密集的炮火声让我异常兴奋，我甚至忘记了自己烫伤的双手和危机四伏的处境，爬上树篱，朝森伯里方向看去。我正往上爬的时候，又一声爆炸响起，一个巨大的弹丸呼啸着掠过天际，向豪恩斯洛飞去。我原以为至少能见到烟火或火光，或是弹丸命中的某种迹象。但我所看到的，只有头顶那深蓝的天空、孤零零的几颗星星，和低空中弥散的白色烟雾。没有撞击声，没有爆炸声，四周再次恢复了寂静。时间仿佛被拉长，每一分钟都变得如此漫长。

"发生了什么？"站在我旁边的牧师问道。

"鬼知道！"我回答。

一只蝙蝠忽然闪现又迅速消失在夜幕中。远方传来阵阵喧嚣，但很快又归于沉寂。我再次注视着那个火星人，看到它现在正沿河岸向东缓缓移动，它的行动轻盈而快速，几乎是在滚动着前进。我每时每刻都期待着某个隐藏的炮兵阵地能对它开火，但却没有一丝动静。火星人的身影随着它的远离而逐渐缩小，最终被迷雾和渐浓的夜色吞噬。我俩太好奇了，爬得更高了，朝着森伯里的方向望去。远处有一个暗影浮现，仿佛突然冒出的一座圆锥形的小山，挡住了更远处的景象。随后，在河对面，沃尔顿方向，我们又看到了另一座类似的山峰，渐渐地，这些山形的东西变得更低、更广了。

我脑中突然有了一个念头，抬头向北望去，便见第三座这样的小山出现了。

四周突然变得异常寂静。在东南方向的远处，火星人的嚎叫声此起彼伏、相互呼应。空气再次在它们的炮声中震了一下。然而，人类的炮火依旧没有任何动静。

当时，我们并不能理解这些现象的含义，但后来我了解到这些在暮色中聚集起来的不祥的小山究竟是什么。我之前说过，每个火星人都站在那巨大的弯月形阵列中，它们通过手中类似枪管的装置，向面前任何的山丘、小树林、房屋群，或其他可能隐藏火炮的地方发射了炮弹。有些只发射了一枚，有些则发射了两枚，就像我们之前所见的一样，据说在里普利的那个火星人当时至少发射了五枚炮弹。这些炮弹撞击地面时并未发生爆炸，而是立刻释放出大量沉郁的黑色蒸汽，盘旋着并向上涌动，形成了一团巨大的乌黑积云，像气态的小山一样缓缓沉降并逐渐铺展到周围地区。所有需要呼吸的生物，一旦接触到那些蒸汽，或者吸入一口刺鼻性的气体，便必死无疑。

这蒸汽沉重异常，甚至比浓烟还要厚。它首先急速上涌、四处扩散，随后却如液体般沿地面倾泻，离开山岭，悄然流入山谷、沟渠、水道，犹如火山裂缝中喷出的二氧化碳气体。而当这蒸汽遇到水时，便会产生化学反应，水面上迅速覆盖上一层粉末状的浮渣，缓缓下沉，好让新的浮渣上涌。这种浮渣完全不会溶解于水中，令人惊奇的是，尽管蒸汽瞬间致命，但过滤后的水却是安全可饮用的。这蒸汽并不像真正的气体那般扩散，而是聚积成云块，缓慢地沿地面下滑，随风飘荡，最终极其慢地与空气中的雾气和湿气结合，化作尘埃落地。至于这种蒸汽的具体成分，我们仍然一无所知，只知道它含有一种未知元素，能在光谱的蓝色区域产生四根线条。

黑烟在其喷发产生的剧烈动荡过后，即便还未沉降，也紧贴着地面。据科汉姆街和迪顿那夜的幸存者说，只要达到离地面五十英尺的高处，如屋顶、高楼的上层或巨大的树木上，就有可能完全避免受其毒害。

在科汉姆街的逃生者讲述了一段骇人听闻的故事：他站在教堂尖顶上，俯瞰着村庄，看到房屋如鬼魅般从墨色的虚空中缓缓浮现。他在那里度过了一天半，疲惫至极，饥肠辘辘，皮肤被炎炎烈日烤得通红。在碧蓝的天空下，大地好似一片黑色天鹅绒，红色屋顶、绿树掩映，还有后来显现的黑纱般的灌木、门廊、谷仓、附屋和墙壁，在阳光下形成了一幅起伏的图景。

但那只是发生在科汉姆街上的一幕。那里的黑雾经久不散，直至自行沉入地面。而通常情况下，在黑雾发挥作用后，火星人就会深入其中，利用蒸汽喷射将其驱散。

附近河岸边的黑烟就是这样被它们清除的。当时，我们逃到哈利福德上城一座被遗弃的空房，借着星光透过窗户目睹了这一切。我们还看到里士满山和金斯顿山上的探照灯在夜空中来回移动。大约在十一点，窗户随着巨响震动，那是附近安置的巨型攻城炮发出的声音。炮声时断时续，持续了约一刻钟，对着汉普顿和迪顿那不见踪影的火星人，间歇发射着炮火。然后，那苍白的电光消失了，取而代之的是一片耀眼的红光。

当第四枚圆筒形的飞船坠落时，它宛如一颗璀璨的绿色流星，最终坠入布希公园。在里士满和金斯顿山脉之间的炮兵开火前，遥远的西南方已经传来零星的炮声，我相信那是炮兵在被压倒性的黑色蒸汽吞噬前的盲目射击。

火星人就像人们熏烟驱除黄蜂窝一样，有条不紊地将这种奇异而令人窒息的蒸汽铺散到伦敦的乡野。火星人的队伍慢慢散开，最终从汉韦尔延伸到库姆和莫尔登，形成了一条长长的线。整个夜晚，它们不断地前进，释放着那死亡的黑雾。自从圣乔治山的火星人被击败之后，它们就再也没有给予地球炮兵任何反击的机会。它们向一切有可能藏匿大炮的地方发射黑色烟雾，并用热射线来摧毁所有暴露在外的大炮。

到了午夜，里士满公园斜坡上熊熊燃烧的树木和金斯顿山上的耀眼光芒照亮了漫天的黑烟，这片烟雾遮蔽了整个泰晤士河谷，视线所及之处都是一片昏暗。在这片浓烟中，两个火星人缓缓穿行而来，它们的蒸汽喷射器不断发出嘶嘶声，将周围的黑雾一点点驱散开来。

那个夜晚，火星人并未频繁使用热射线，可能是因为制造热射线的原料有限，或者它们并不想彻底摧毁这片土地，只是希望通过恐吓来平息已经激起的抵抗。如果是后者，它们显然成功了。周日之夜的情况预示着这场有组织的人类抵抗以失败而告终。在那之后，再无任何武装力量能与之抗衡，因为胜算渺茫。即使是那些驾驶鱼雷艇和驱逐舰沿泰晤士河而上的船员们，也拒绝停留，他们哗变后，将船只重新驶回河下游。那之后，人类唯一敢于尝试的进攻行动，就是布置地雷和陷阱，但即便如此，他们的行动依然显得慌乱而零散。

你可以想象一下，在黄昏时分，艾舍方向的炮兵们紧张地等待着他们的命运。无人幸存下来。你可以描绘出那种井然有序的场面：官兵们戒备森严，警觉地站岗；炮手们做好了准备，弹药堆放在手边；牵引车的驾驶员们蓄势待发；那些被准许可近距离观看的群众围成一团；周围的夜色寂静无声；装有韦布里奇烧伤和受伤者的救护车和医疗帐篷就在一旁。然后是火星人的炮弹发射时的沉闷回声，笨重的弹丸在树木和房屋上空旋转，最终无情地摧毁了四周的田野。

你也可以想象，人们的注意力突然被抓住，那黑暗之物迅猛蔓延、膨胀，像巨兽一样直冲云霄，让暮色转变为一片触手可及的黑暗。那奇异而可怕的蒸汽杀手迈着大步向受害者袭来。附近的人们和马匹都变得模糊不清，他们跑动、尖叫、跌倒，到处都是惊恐的呼喊声。大炮在一瞬间被丢弃，人们在地上窒息挣扎，而那不透明的圆锥形烟雾迅速扩大。最后，黑夜侵袭，死亡降临——只剩下一片静默、无法穿透的烟雾，掩盖了它所吞噬的生命。

黎明前，黑色烟雾如洪水般席卷着里士满的街道。政府机构已瓦解，仅剩的几名官员在最后的挣扎中，向伦敦的居民发出逃亡的呼吁，然而这呼声却宛如对深渊的召唤。

第十六章　逃离伦敦

　　至此，你应该已经有所了解，周一黎明将至时，那股恐怖的浪潮将席卷这座世界第一都市——逃亡的民众迅速汇聚成一股急流，火车站周围涌动着如泡沫翻腾一般的混乱，泰晤士河边的船只上挤满了陷入绝望挣扎的人群，他们纷纷涌向所有可用的通道，向北、向东匆忙逃离。到了上午十点，警局开始显得力不从心；到了中午，就连铁路系统也开始崩溃，运作效率急剧下降。整个社会体系似乎在这场突如其来的灾难中迅速瓦解。

　　泰晤士河以北的所有铁路线和东南铁路公司坎农街站的工作人员，在周日午夜前已经接到警报，一趟趟火车被挤得水泄不通。甚至在凌晨两点，人们还在为争夺一处立足之地，而在车厢里大打出手。到了凌晨三点，主教门大街上的人群出现了踩踏和挤压的情况，那里距离利物浦街车站少说有几百码。枪声响起，刀刃挥舞，本应维持交通秩序的警察筋疲力尽、怒火中烧，开始对那些他们本应保护的人民挥舞警棍。

随着时间的推移，火车司机和司炉工们坚决不再返回伦敦，逃难的压力使人们成群结队地从车站涌向北行的道路，人潮变得愈发密集。到了中午，有人在巴恩斯看到了火星人的身影，一团缓缓沉降的黑色烟雾沿着泰晤士河和兰贝斯的平原流动，其缓慢的移动截断了所有经过桥梁的逃生路线。另一团烟雾笼罩了伊灵地区，包围了城堡山上的一小群幸存者，他们虽然还活着，但已无路可逃。

我弟弟在乔克农场站等了很久，想找机会登上西北方向的火车，却是徒劳的。那些在货场装载的火车穿过尖叫的人群，如犁地般从尖叫的人群中硬闯而过，十几个健壮的男子奋力保护司机，以防他被人群推向滚烫的炉火。最终，我弟弟来到了乔克农场路，躲避着匆忙来往的车辆，所幸，碰到一家还没被洗劫一空的自行车店。他打碎橱窗玻璃，拽出的那辆自行车的前轮在穿过窗户时被刺破了，但他还是骑上了车，除了手腕上的一道伤口外，别无大碍。哈佛斯托克山的山脚十分陡峭，路上横着几匹马，过不去，我弟弟便改道走上了贝尔塞斯路。

他心里的恐慌稍稍平复了几分，沿着艾奇威尔路外围前行，大约在七点钟到达艾奇威尔。尽管饥肠辘辘、筋疲力尽，但他远远领先于逃难的人群。沿途的行人面露疑惑，好奇地注视着他。几个骑自行车的人、一些骑马的人以及两辆汽车相继超过了他。离艾奇威尔还有一英里时，自行车的轮辋坏了，无法继续骑行。他只好把自行车留在路边，步行穿过村庄。在村子主街上，一些店铺半掩着门，人行道上挤满了人，他们站在门口和窗户后，惊异地凝视着这突如其来的逃亡大军。他最终成功在一家旅店里弄到了一些食物。

他在艾奇威尔逗留了一段时间，不知道下一步该做什么。越来越多的人加入了逃亡的队伍。很多人，包括我的弟弟，似乎更愿意在这里徘徊。关于火星侵略者的最新消息依旧无人知晓。

当时，虽然道路上人声鼎沸，但还不至于产生交通拥堵。在那个时候，大多数的逃难者都骑着自行车，但不久，各种汽车、双轮马车和四轮马车也加入了急促的逃亡行列。通往圣奥尔本斯的路上尘土飞扬，仿佛笼罩着一层厚重的灰雾。

在一片迷茫中，我弟弟突然想到了他在切尔姆斯福德的一些朋友，这个念头促使他走进了一条向东延伸的僻静小巷。不久后，他来到一座栅栏门前，越过它，沿着一条伸向东北方向的小径前进。他路过几座农舍和一些不知名的小地方，途中几乎未见其他逃难者。直到在通往海巴尼特的一条草地小径上，他偶遇了两位女士，从此结伴而行。正是他的及时出现，将她们从危难中解救出来。

当时他正在路上走着，听到尖叫声后，他急忙拐过角落，便看到两名男子正试图把两位女士从她们的小型马车里拖出来，同时另一名男子在努力控制着受惊的小马。其中一位矮小的女士，身着白衣，不停地尖叫着；而另一位身材修长、肤色黝黑的女士则挥动手中的鞭子，痛击抓住她另一只手臂的男人。

看清楚眼前的局势后，我弟弟立刻反应过来，大喝一声冲向争斗的中心。其中一个男人停手转身面对他，从对方的神色中可以看出，一场避无可避的冲突显然即将爆发。我弟弟作为一个经验丰富的拳击手，迅速出手，一拳将对方击倒在马车的车轮边。

在这紧急关头，讲究拳击礼仪已成奢侈，我弟弟一脚狠狠地将那人踢倒，随即紧紧抓住另一个拽着女人手臂的男子的衣领。就在这时，急促的马蹄声响起，一道鞭影划过他的脸，紧握马缰绳的男子猛然把鞭子甩向他的眉心。那被他牢牢抓住的男子趁机挣脱，向他来时的方向逃去。

我弟弟一时有些晕头转向，随即发现自己正面对着之前拽着马头的男人，这才注意到马车正沿着小路逐渐远离，车身左右晃动，车内的女士们回头望着这边。面前的这个魁梧粗暴的男人试图逼近，却被我弟弟一拳击中面部。这时，我弟弟突然意识到自己孤身一人，形势对自己不妙。于是他敏捷地绕过对方，沿着小路追赶马车，而那名壮硕的男子紧追不舍。与此同时，之前逃离的男人转身，远远跟着他们。

他突然一个踉跄摔倒了，紧跟着他的男人也跌了个头朝地。他艰难地站起身来，却发现自己面对着两个对手。如果不是那位瘦高的女士及时调转马车回来帮他，他几乎毫无胜算。原来，她随身带着一把左轮手枪，不过在遭遇袭击时，那把枪不慎滑落到了座位下面。她果断开枪，子弹擦肩而过，险些命中我弟弟。胆怯的强盗立刻逃窜，他的同伙也紧随其后，咒骂着他的怯懦。他们逃到小巷尽头，那里第三个同伙仍然昏迷不醒。

"拿着这个！"女人说着，把手枪递给我弟弟。

"快回马车上去。"我弟弟一边说，一边擦拭着裂开的嘴唇上的血迹。

她二话不说转身就跑，两人都气喘吁吁地回到了马车那儿。那个穿着白衣服的女人正努力控制着受惊的马驹。

显然，劫匪们已经吓破了胆。我弟弟再次回头时，只见他们正急忙撤退。

"我能坐在这儿吗？"我弟弟问，随后坐到了空荡荡的前排座位上。女人回头看了看。

"把缰绳给我。"她说，然后用马鞭打了一下马驹的侧身。不久后，马车拐过一个弯，他们便看不见劫匪了。

他怎么也没料到，自己居然坐在了一辆马车里——他气喘吁吁，嘴唇受伤，下巴淤青，指关节满是血污，和两位女士一起，行驶在一条无名小路上。

清晨，他得知她们是一位外科医生的妻子与妹妹，住在斯坦莫尔。医生刚在平纳处理完一个危险病例，于凌晨匆匆赶回，途经一个火车站时，听闻了火星人进攻的消息。他急忙回家，唤醒了妻子和妹妹（他们的仆人两日前已离他们而去），迅速打包了些必需品，将手枪放在座位下——幸运的是，这把手枪后来成了我弟弟的保命之物。医生让她们先驾车前往艾奇威尔，希望能在那里搭上列车。他则留下来通知邻居，承诺将在清晨四点半之前赶上她们。然而现在已接近九点，她们却依然没有收到医生的消息。由于艾奇威尔的难民潮和交通拥挤，她们无法在那里停留，所以不得不转入这条旁道。

这段故事，也是她们一路上断断续续地讲给我弟弟的。到了离新巴尼特还有一段路的地方，他们停了下来。我弟弟答应跟她们一起走，直到确定下一步行动，或等待那位失联的医生归来。尽管他对手枪这种武器并不熟悉，但他还是自称为一位枪法娴熟的高手，想让她们俩稍微安心一点。

他们在路旁搭建了临时的营地，马驹在树篱间稍稍放松了下来。他向她们讲述了自己如何从伦敦逃离，并分享了他所了解的关于那些火星人及其行为方式的所有信息。随着太阳渐渐爬升，他们又开始不安起来。有人走过时，我弟弟尽可能地从他们那里搜集消息。每一个断断续续的答复都加深了他对人类所面临的巨大灾难的认识，也增强了他对立刻逃离此地的迫切感。他向她们强调了这件事的紧迫性。

"我们有钱。"那个瘦高的女人说，语气稍显犹疑。

她看向我弟弟的眼睛，随即果断说出了她们的计划。

"我也有。"我弟弟回答。

她解释道，她们身上有至多三十英镑的金币，外加一张五镑的纸币，她们计划用这些钱在圣奥尔本斯或新巴尼特买张火车票。我弟弟并不看好这个计划，考虑到伦敦人争先恐后地挤上火车的情形，他提出了自己的想法：穿过埃塞克斯郡，前往哈里奇，从那里离开这个国家。

埃尔芬斯通夫人，那位身着白衣的女士，此时已听不进任何劝说，只是不断地呼唤着"乔治"。然而，她的小姑子却出奇地冷静，深思熟虑之后最终同意了我弟弟的建议。因此，他们便计划穿越北干道，朝着巴尼特方向前进。我弟弟牵着小马，尽量减轻它的负担。随着太阳逐步爬升，天气变得异常炎热，脚下的厚实白沙变得灼热刺眼，他们只能缓缓前行。路旁的树篱因尘土而显得灰暗无光。当他们逐渐接近巴尼特时，耳边传来的喧嚣声愈发强烈。

他们遇见的人越来越多。这些人大都眼神呆滞地向前看着，低声咕哝着含糊不清的问题，满脸倦容，面色憔悴，浑身脏兮兮的。一位身着晚礼服的男子步行经过，双眼紧盯着地面。他们听到了他的声音，回头一瞥，只见他一只手抓着自己的头发，另一只手似乎在空中挥打着看不见的敌人。他在怒火平息后，继续前行，再未回头。

我弟弟一行人朝巴尼特南部的十字路口前进时，看到一位妇女带着三个孩子正从左侧的田野向公路走来，她抱着一个孩子，另外两个则跟在她的身边。随后，他们遇到了一个身着肮脏黑衣的男子，一手握着一根粗大的棍子，另一只手提着一个小皮箱。当他们沿着小路绕过拐角，抵达与主路交会处的两栋别墅旁时，一辆马车出现了，黑色的小马驹跑得气喘吁吁。一个面色苍白、圆顶帽上灰扑扑的青年正驾驶着马车。马车里挤着三个在东区的工厂上班的年轻女子和两个小孩。

"这条路是通向艾奇威尔吗？"驾车的青年目光狂乱，面如死灰。我弟弟刚指了指左侧，他便毫不犹豫地挥起马鞭加快速度，连声感谢都没来得及说。

我弟弟注意到，他们面前的房屋间升起了一团淡灰色的烟雾，路的另一边，别墅后面的白色排屋刚才还能看见，现在已经被遮住了。突然，埃尔芬斯通夫人尖叫起来，她看到前方房屋上方升腾起数道红色的火舌，与炎热的蓝天形成了鲜明对比。那股嘈杂声现在变成了混杂的多重声音——车轮的摩擦声、马车的吱嘎声以及断断续续的马蹄声此起彼伏。小路在不到五十码的地方有个急转弯，直通大路的交叉路口。

"天哪！"埃尔芬斯通夫人惊呼，"你要把我们带到什么地方去？"

我弟弟停下了车。

主干道上涌动着一波向北奔逃的躁动人流。人们互相推挤着，一大片白色的尘土升腾而起，在阳光的照耀下反射着白光。地面二十英尺以下的一切都变得灰蒙蒙的，让人看不清楚。这尘土被急匆匆的马匹、步行的男女，以及各式各样车辆的车轮不断激起，仿佛永无休止。

"让路！"我弟弟听见有人大喊。"让路！"

向小路和大路的交会处前进，宛如冲入火焰的烟雾中；人群像火焰般咆哮，尘土炽热且刺鼻。实际上，这时沿路不远处有一座别墅正被大火吞噬，浓烟滚滚横扫马路，四周愈发混乱。

两个男人从他们身边走过。然后是一个满身污垢、抱着沉重包裹、泣不成声的女人。一只迷路的寻回犬，舌头耷拉着，犹豫不决地围着他们转了一圈，一副惊吓过度的可怜模样。我弟弟唬了一声，它便迅速逃走了。

在他们右侧，通往伦敦的道路上，他们所能看到的，在别墅之间，涌动着一股喧闹、肮脏的人流——黑色的头发，拥挤的身影，在向拐角冲去、急速经过时变得清晰可辨，但一旦转过弯道，这些人又迅速消失在远去的人群中，最终被路上扬起的尘土吞没。

"往前走！快走！"不停有人喊着。"让开！让开！"

人们互相推挤，每个人都在往前冲。我弟弟站在小马旁，被人群不由自主地向前推着，沿着小路慢慢前进。

艾奇威尔一片混乱，乔克农场人声鼎沸，而在这里，整个人群都在移动，规模大到无法想象。人们从拐角处涌出，然后渐渐地，背对着小巷的人们消失在远处。走路的人纷纷靠边，怕被马车撞到，他们在水沟里七弯八拐，不断碰撞着对方。

车辆挤在一起，争夺每一点空间。那些更快、更不耐烦的车辆时不时地便会找机会向前冲，将人群撞散，撞向别墅的篱笆和大门。

"快走！"人们呼喊着。"快走！火星人来了！"

一个穿救世军军服的盲人站在一辆小马车里，一边弯着手指打手势，一边大叫："永世！永世！"他用沙哑的嗓子拼命地喊着，即使他的身影慢慢消失在扬起的尘土中，那响亮的呼喊声依旧回响在耳畔。有的人挤在马车里，一边机械地抽打着自己的马，一边和别的马夫争论着；有的人则一动不动地坐着，眼神空洞，呆呆地盯着周围；有的人因为口渴咬着手，或者瘫倒在车厢底部。马匹口中的衔铁上沾满了白沫，双眼血红。

路上有不计其数的自备马车、载客马车、商店马车和带篷马车。还有一辆邮车，一辆标着"圣潘克拉斯堂区卫生委员会"的清洁车，一辆载着许多大汉的运木材的大型马车。一辆啤酒厂的运输马车隆隆驶过，两个相近的车轮上沾满了新鲜的血迹。

"让路！"人们急切地呼喊着，"让路！"

"永世！永世！"呼喊声在远处回荡着。

沿路，悲伤而憔悴的女人领着啼哭的孩子，跌跌撞撞地穿行，她们原本精致的衣物上如今全是灰尘，脸上全是泪痕。有些男人陪在她们身旁，有的尽力帮忙，有的却面露狠色。一些衣着褴褛的流浪汉在人群中挤来挤去，面色惨白，语言粗俗。工人们顶着压力挤过人群，而被推开的人穿戴得像文员或者店员，那时他们已经衣衫凌乱，面容憔悴，偶尔也会挣扎一下。除了这些，我弟弟还注意到有一个受伤的士兵、一些身穿铁路搬运工服的人，以及一个神情忧愁、将外套披在睡衣外的可怜人。

但即便人们身份各异，恐惧与痛楚却是他们共有的阴影。一路上的纷乱，一声声争夺车位的争吵，驱使着每个人加快步伐；即便是那些被恐惧吞噬、腿弱无力的人，在那一瞬间也被恐慌的电流激活，挣扎着继续前行。骄阳似火，尘土飞扬，早已让这支庞大的队伍疲惫不堪。他们的皮肤干裂，唇瓣焦黑，口渴难耐，步履维艰。而在这片喧嚣之中，不同的呼喊声交织在一起，有争执、责骂、疲惫的呻吟，多数人的声音嘶哑而微弱。贯穿其中的，是一道不绝于耳的警告：

"让开！让开！火星人来了！"

在那人潮中，极少有人会停下脚步，走到一旁。小巷斜接

123

大路，入口狭窄，会让人产生错觉，以为这是从伦敦方向延伸而来的道路。一股人流的旋涡在此汇聚；那些体力稍弱的人从主人流中被挤出，他们在旁边休息片刻，然后再次投入那无情的洪流中。在巷道不远处，一个男人躺在地上，一条腿光着，缠绕着血迹斑斑的破布，两个朋友正弯腰照看着他。在这种时刻，能有朋友在侧，他算是幸运的。

一个留着灰色胡须的退伍军人，个子不高，穿着一身黑色的燕尾服，脏兮兮的，一瘸一拐地走出来，坐在旁边，笨拙地脱下他的靴子——他的袜子上沾满了血污——抖了抖小石子，然后一瘸一拐地继续前行。一个八九岁的小女孩，孤身一人，扑倒在我弟弟身边的树篱下，抽泣着。

"我走不动了！实在走不动了！"

我弟弟从惊愕中清醒过来，温柔地说着话将她抱起，带到埃尔芬斯通小姐那里。他一碰到她，她便静止不动，宛如受到惊吓的小鹿。

"艾伦！"人群中传来一个女人带着哭腔的呼喊，"艾伦！"小女孩一听见，便猛地挣开我弟弟跑了过去，喊着"妈妈"。

"它们来了！"一个路过巷子的骑马人喊道。

"让开，让开！"车夫在大声吆喝，我弟弟看到一辆封闭的马车拐进了小巷。

人们相互推挤着，躲避着路上飞驰的马车。我弟弟急忙将他的小马车推进树篱内，那名男子于是在转弯处停下。那是一辆可以拴两匹马的马车，但现在只有一匹马在工作。我弟弟透过飞扬的尘土，隐约看到两个人从马车里抬出一样东西，将其缓缓地放在白色担架上，然后轻轻地置于树篱下的绿草之上。

其中一个人跑向我弟弟。

"哪里能找到水？"他说，"那个人快不行了，渴得要命。那是加里克勋爵。"

"加里克勋爵？"我弟弟说，"就是那个首席大法官？"

"有水吗？"他急切地追问。

"或许有些房子里有水龙头，"我弟弟回答，"我们这里没有水。我不能离开我的同伴。"

那男人便逆着人流，往拐弯处的房子里挤去。

"往前走啊！"人们推着他，"它们来了！快走啊！"

突然，我弟弟的目光被一个留着胡须、长着鹰钩鼻的男人所吸引，他提着一个小手提包，正当我弟弟看着他的时候，包裂开了，里面的金币如瀑布般散落，在人群和马蹄间滚动。男子愣住了，傻傻地看着地上的金币，紧接着一辆马车的车轴撞上了他的肩膀，他踉跄后退，尖叫着躲闪，恰好与那车轮擦身而过。

"让路！"四周围观的人群怒吼着，"快让开！"

马车刚掠过，他就扑向那堆金币，双手张开如同饥饿的野兽，急切地将一把把金币塞进口袋。一匹马突然冲到他身边，他半起身想要躲避，但在下一刻，便被那匹马的铁蹄无情地践踏在地。

"停下！"我弟弟尖声喊叫，一边猛推前面的女人，一边伸手试图抓住那匹马的缰绳。

但他还没来得及抓到，就听到一声惨叫从车轮下传来，透过飞扬的尘土，他看见车轮无情地碾过那个可怜人的背部。马车夫挥鞭向我弟弟劈去，而他则绕到马车后面躲避。四周的尖叫声让他的耳朵嗡嗡作响。那人在尘埃中痛苦地扭动，金币散落一地。因为被车轮碾断了脊椎，他无法起身，下半身软弱无力，宛若断了线的木偶。我弟弟站起身来，对着下一辆逼近的马车大声呼救。这时，一个骑着黑马的人出现了，来到他的身边。

"把他拉到路边去。"黑马骑士说。我弟弟一手紧抓那人的衣领，另一只手奋力将他拖到一旁。但那人仍然紧紧抓着他的金币，愤怒地瞪视着我弟弟，用一把金币猛击他的手臂。

"继续走！继续走！"身后传来愤怒的叫喊，"让开！让开！"

车轮与车轴的撞击声划破了寂静，四轮马车猛地撞上了黑马骑士拦停的车辆。我弟弟抬头，看见那个紧握着金币的男人狰狞地回头，猛咬着抓住他衣领的手腕。一阵剧烈的震荡过后，黑马摇摇晃晃地向旁边倾斜，旁边的马车也被撞得晃动起来。一只马蹄险些踩上我弟弟的脚尖。他松开了那名倒地的人，迅速后退。那人的表情瞬间由愤怒转为恐惧，不一会儿，便隐没在飞扬的尘土和混乱的人群之中。我弟弟被无情地推挤到后方，挤过了小路的路口，他在激流般的人群中挣扎，费了好大的劲儿才回到马车旁。

他看见埃尔芬斯通小姐捂住了眼睛，而一个小孩子则好奇地睁大了眼睛盯着被车轮压扁、被灰尘覆盖的黑色物体。"我们回去吧！"他高声喊着，开始牵着马掉头。"我们根本无法穿过这片混乱区域。"他说着，沿着来时的路退回了一百码，直到那混战的人群从视线中消失。当他们经过小巷的弯道时，我弟弟看到了沟渠中那位垂死男子惨白而紧张的面孔，汗水在树篱下闪着光泽。车内的两位女士默然无声，蜷缩在座位上发抖。

刚转过拐角，我弟弟又停了下来。埃尔芬斯通小姐脸色苍白，她的嫂子坐在一旁无助地哭泣，甚至连呼唤丈夫"乔治"的力气都没有了。我弟弟十分害怕，又不知所措。他们一后撤，他才意识到必须尽快渡过这个难关。他坚定地对埃尔芬斯通小姐说：

"我们必须得走那条路。"说完，他又将马驹调转了方向。

这位女士再次展现了她的勇敢。为了穿过拥挤的人群，我弟弟冲入车流，拦住了一匹出租车马，而她则乘机赶着马车穿过它的前方。他们的车轮被一辆货运马车绊住，马车上的一块长木板被撕了下来。不一会儿，他们就被人流推挤着向前冲去。我弟弟的脸和手上布满了鞭痕，他艰难地爬回马车，从埃尔芬斯通小姐手中接过了缰绳。

"如果他们逼得太紧，就用这把枪指着他们，"他一边对埃尔芬斯通小姐说，一边把那把枪递给她，"不，对准他们的马！"

接着，他开始寻找机会向马路右侧挪动。但一旦混进人流，他就像失去了决断似的，成为那滚滚尘土、混乱人群中的一部分。他们跟着人潮冲过奇平巴尼特，好不容易才在离小镇中心将近一英里的地方穿过了马路。四周嘈杂得难以形容，但幸运的是，小镇及其周边的道路多次分叉，这让他们稍微松了口气。

他们穿过哈德利向东行进，在道路两旁，以及前方的一个地点，他们遇到了大批聚集在溪边饮水的人群，其中一些人为了争夺水源甚至打了起来。更前方，在东巴尼特附近的一处较安静的地方，他们目睹了两列火车缓缓前行，沿着大北方铁路向北行驶，没有任何信号或指令。火车上挤满了逃难的人群，有的人甚至藏在火车头后的煤堆里。我弟弟推测，这些火车可能是在伦敦郊外就已经装满了人，因为当时极度恐慌的人们已经让市中心的车站不堪重负。

他们在这附近停下，度过了整个下午。经历了一天的惊慌和奔波，三人都已筋疲力尽。随着夜幕的降临，他们开始受到饥饿感的折磨。气温骤降，寒冷刺骨，没有人敢安然入睡。傍晚时分，众多逃难者急匆匆地经过他们的休息地，他们逃离着未知的恐怖，沿着我弟弟来时的路线匆忙前行。

第十七章　雷霆之子

　　如果火星人的目标仅仅是毁灭，那么在周一，当整个伦敦的居民缓缓涌向各郡时，它们本可以将其赶尽杀绝。不仅是穿过巴尼特的道路，还有艾奇威尔和沃尔特姆修道院沿途，以及向东通往绍森德和舒伯里尼斯的道路，乃至泰晤士河南岸通往迪尔和布罗德斯泰尔斯的每条路上，也同样人潮汹涌。如果能在那个六月的早晨，乘坐热气球悬于伦敦那湛蓝的上空往下看去，从这繁复的街道迷宫延伸出的每一条北向和东向的道路，都会被密密麻麻的逃亡者点缀成一片黑色，每一个点都是人类对恐惧和苦难的极致体现。我在上一章详细描述了我弟弟途经奇平巴尼特的情况，目的是让读者能够真切感受到那些当事人所见证的黑色人潮汹涌奔逃的景象。在世界历史上，还从未有过如此大规模的灾祸和人类迁徙，即使是传说中的哥特人和匈奴人，号称拥有亚洲史上最庞大的军团，在这股人潮中也不过是沧海一粟。这不是有纪律的行进，而是一场无序、目标不明的狂奔——六百万手无寸铁、毫无备粮的人民的盲目奔逃。这是人类文明溃败的开始，是人类灭亡的序曲。

直接从高空俯瞰，你将会看到绵延不绝的街道，荒废的房屋、教堂、广场、新月形街区和花园，就像一张巨大的地图铺展开来，而南方则被墨水浸染。从伊灵到里士满，再到温布尔登，就好似有支巨大的笔在地图上随意地泼洒墨水。慢慢地，每一个墨点都在不断扩散、延展，形成这样那样的分支，时而在高地聚集，时而迅速涌过山顶流入新的谷地，就像一滴墨水在吸墨纸上扩散一样。

在河流南部的青山之后，闪耀着金属光泽的火星人往来穿行，冷静且有条不紊地在这片土地各处散播着毒烟。当毒烟积聚成毒云后，蒸汽喷射器再次被派上用场，然后它们会将这片土地据为己有。它们的目标似乎并非彻底灭绝人类，而是完全瓦解人类的意志、摧毁人类任何形式的抵抗。它们炸毁了一路上所有的火药库，切断了每一条电报线，摧毁了所有铁路。它们是在削弱人类的命脉。它们似乎并不急于扩大自己的行动范围，一整天都在伦敦中心活动。伦敦人周一早晨仍坚守在自己家中。可以确定的是，许多人在自家因吸食了大量黑烟，窒息而亡。

直到中午时分，伦敦池①的景象依然令人震惊。各式船只聚集于此，许多难民愿意出巨额费用只为登船。据说，许多人试图游向这些船只，却被撑篙给打了下来，最终溺亡。大约在下午一点钟，一团正在消散的黑烟出现在黑衣修士桥的拱洞间。港口一片疯狂混乱的景象，到处是争斗和碰撞，一时间无数的船只和驳船挤在塔桥北边的拱洞之下，为了争夺位置，水手们和驳船夫与从河岸涌来的人群进行殊死搏斗。有人甚至从桥墩上爬下来，往船上挤。

一个小时后，一个火星人出现在大本钟的对面，它踏着河水往前走，一直走到莱姆豪斯，所经之处，只剩下一片残骸。

关于第五个圆筒坠落的细节，我待会儿再详述。至于第六颗"星"，它坠落在了温布尔登。我弟弟在草地上的马车旁守护着那两位女士，远远地看到了山丘之外的绿色闪光。周二，这支小队依旧致力于横渡大海，穿过人声鼎沸的村庄，朝着科尔切斯特前进。火星人已占领整个伦敦的消息得到了证实。有人说在海格特目击了火星人，甚至有传言说在尼斯登也看到了它们。但直到第二天，我弟弟才亲眼看到它们。

---

① 伦敦池，指泰晤士河流经伦敦市中心的历史性河段，西起伦敦桥，东至莱姆豪斯，全长约 4.8 千米。该水域因潮汐作用形成天然深水区，自罗马时代起便是伦敦核心航运枢纽。

同样在周二，各处逃难的人们开始意识到物资的重要性。肚子一饿，就顾不上什么财产了。农民们手持武器，誓要保护他们的牛棚、谷仓和即将成熟的作物。有些人，像我弟弟一样，已转向东方寻找食物，甚至有些绝望的人决定冒险返回伦敦。这些大多是来自北部郊区的人，他们对黑烟的了解仅仅来自传言。据说，大约有一半的政府成员已经聚集在伯明翰，并且他们正在准备大量的烈性炸药，在中部地区埋下了地雷。

他还听说米德兰铁路公司已经从首日的恐慌中恢复过来，恢复了运营，并恢复了从圣奥尔本斯向北运行的火车，以缓解中心地区的拥堵。奇平昂加还张贴着公告，宣称北方城镇储备了大量面粉，承诺在二十四小时内会将面包分发给周边饥饿的人们。但这些消息并未让他动摇已决定的逃跑计划，他们三人整日向东疾行，关于面包分发的承诺也杳无音信。事实上，别人也再没听到过相关消息。那天，当埃尔芬斯通小姐值夜时，她与我弟弟轮流守夜，她看见了第七颗"星"坠落在普里姆罗斯山上。

周三，这三名逃亡者——他们在一片未成熟的小麦田中度过了一夜——终于到达切姆斯福德。在那里，一个由当地居民成立的名为"公共物资委员会"的组织没收了他们的小马作为食物补给，并且没给他们任何东西，除了承诺在第二天会分给他们一部分马肉。这里也有传言称埃平出现了火星人，同时还

132

传来了沃尔特姆修道院火药库在尝试消灭一名侵略者时失败并遭受严重破坏的消息。

人们从教堂的高塔上警惕地望向远方，观望着可能出现的火星人。幸运的是，尽管他们三人饥肠辘辘，但我弟弟选择了继续前行，向海岸进发，而不是停下来等待救援粮食。到了中午时分，他们穿越了蒂灵厄姆，那里出奇的安静和荒凉，只能看见几个偷偷搜寻食物的掠夺者。当接近蒂灵厄姆时，他们突然看到了前方的大海，那里竟停满了各式船只。

水手们已经不能把船往泰晤士河上游开，于是沿着埃塞克斯的海岸线，去往哈里奇、沃尔顿、克拉克顿，然后去福尔内斯、舒伯里救人。船只们构成了巨大的镰刀形状，最终消失在通往纳兹的迷雾中。近岸停满了来自各国的小渔船——英格兰、苏格兰、法国、荷兰、瑞典的都有；还有泰晤士河来的汽艇、游艇、电动船。更远处则是大吨位的船舶，包括满载的煤船、整洁的商船、运牲畜的船、客船、油轮、没有固定航线的海洋货船，甚至还有老旧的白色运输船，以及从南安普顿和汉堡来的整洁的灰白色游轮。而在黑水河对岸的蓝色海岸线上，我弟弟隐约能看到密集的船只，以及沙滩上的人群在讨价还价，这些船只几乎排到了莫尔登。

大约两英里外，一艘装甲舰几乎沉没在水面之下，像一艘水浸船一样，这就是著名的冲锋舰"雷霆之子"。它是眼前唯一可见的战舰。但远在右方，海面一片死寂，一条黑烟蜿蜒升起，标志着海峡舰队的下一艘铁甲舰也已到来。这些舰队排成长线，守卫在泰晤士河口。它们蓄势待发，对火星人的征服保持警惕，准备随时出击，却又无力阻止。

一看到海，即便她的小姑子不断安慰她，埃尔芬斯通夫人依然无法抑制内心的恐慌。她从未离开过英格兰，宁愿赴死，也不愿独自一人面对陌生的国度。这个可怜的女人似乎将法国人和火星人想象成了类似的威胁。在两天的旅途中，她变得越来越歇斯底里，内心充满恐惧与沮丧。她心中唯一的念头是返回斯坦摩尔——那里一直是她感到安全和宁静的地方。她坚信，在斯坦摩尔她可以找到乔治。

他们费了很大的劲才把她带到海滩上，在那里，我弟弟成功地引起了一艘从泰晤士河来的轮船上的一些人的注意。他们派了一条小船过来，并且以三十六英镑的价格敲定了三人的乘坐费用。据这些人说，蒸汽船正前往奥斯坦德。

大约在两点钟，我弟弟在舷梯上支付了船费后，终于安全地带着他的同伴登上了蒸汽船。船上有食物，虽然价格昂贵，但他们三人还是设法在前方的一个座位上吃了一顿饭。

当时船上已经有几十名乘客，其中一些人花光了他们最后的钱买票。船长在黑水河外等到了下午五点，不断接载乘客，直到甲板上的座位变得拥挤不堪，几乎随时可能发生危险。如果不是从南方突然传来的炮火声，他可能还会继续等待。朝向大海的军舰发射了一炮，并升起了一面旗帜，随即从它的烟囱中喷出一股浓烟，这似乎是一种回应。

有些乘客认为炮火声来自舒伯里内斯，但随着声音越来越大，人们开始怀疑。与此同时，在东南方的远处，三艘铁甲舰的桅杆和船身在黑烟的掩映下陆续升起。但我弟弟的注意力很快又被南方传来的遥远的炮声所吸引。他似乎看到远处灰蒙蒙的天空中升起了一柱烟。

小蒸汽船已经摆动着驶出了新月形的船队阵列，向东行进，而低矮的埃塞克斯海岸变得越来越蓝，也越来越模糊。就在此时，远方浮现出一个火星人的身影，它的身形较小，模糊不清，从福尔尼斯的方向沿着泥泞的海岸缓缓前进。目睹这一幕后，船长站在船桥上，高声咒骂着，气恼没有早点出发，怒火与惊惧交织着，而蒸汽船的桨叶似乎也因为恐惧抖了起来。船上的每一个人都站在舷边或蒸汽船的座位上，凝视着那个远处的身影，它比内陆的树木或教堂塔楼都要高，以一种似乎在模仿人类散步的方式前进。

这是我弟弟见到的第一个火星人，他站在那里，对于眼前的巨型生物，感到更多的是震惊而非恐惧。这个巨人般的生物有意识地向船队前进，一步步踏入水中，离海岸越来越远。然后，在远处克劳奇的方向，又出现了另一个火星人，它大步跨

135

过一些矮小的树木，紧接着更远处又出现了第三个火星人，它蹚过闪闪发光的泥滩，仿佛悬浮在海天之间。它们都在向海洋进发，仿佛要拦截那些挤在福尔尼斯和纳兹之间试图逃离的船只。尽管小轮船的引擎猛烈地运转，船轮背后飞溅的泡沫仿佛在奋力前行，但有这不祥之物逼近，令人心生惧意，速度明显减慢了。

向西北方向望去，我弟弟目睹了新月形队伍中的船只在逼近的恐惧中痛苦扭曲。船只在彼此间穿梭，有的从侧面转向，蒸汽船的汽笛声尖锐刺耳，大量蒸汽冒出，船帆被放下，小艇在此间忙乱穿梭。他对这一切，还有左侧逐渐逼近的威胁是如此着迷，以至于他对海上的其他一切都视而不见。突然，为了避免碰撞，汽船急速转向，将他从站立的地方甩了出去。周围尽是喊叫声、脚步声，以及远方低不可闻的欢呼声。蒸汽船剧烈摇晃，把他摔倒在甲板上。

他迅速站起身来，向右舷望去，只见不到一百码远的地方，一个巨大的铁质物体，像一把犁刀般撕裂海面，掀起了两侧的巨浪，泡沫四溅。浪潮猛烈地冲击着蒸汽船，将船桨无助地抛向空中，又猛然将甲板压至水线之下。

水雾四溅，他的眼前一片模糊。等重新看清周围的时候，怪兽已经走过，正向陆地冲去。海面上忽然出现一个船身，带烟的火焰从两根烟囱里喷出来。那是冲锋舰"雷霆之子"，它全速前进，前来营救被威胁的船只。

我弟弟紧紧抓住船舷，脚抵着甲板保持平衡。掠过那艘逼近的巨大军舰，他再次瞥见了火星人。三个火星人站在遥远的海面上，它们的三脚架基座几乎完全没入水中，这使得它们在远处看起来还不如那艘引起小汽船无助颠簸的庞大铁舰来得可怕。面对这个新的对手，它们表现得惊讶万分，似乎将这艘军舰视为同类的巨人。"雷霆之子"号未发一枪，便全速冲向它们。它之所以能如此接近那些火星人，可能正是因为它没有开火。火星人对于这个意外的对手不知所措。否则只需一发炮弹，它们就能立即用它们的热射线将其击沉。

这艘军舰速度极快，短短一分钟内就仿佛行驶到了小汽船和火星人之间的中点——它那黑色的身影正在逐渐远去的埃塞克斯海岸线上渐行渐小。

突然，最前方的火星人放低了它的黑管，朝军舰发射了一罐黑色气体。气体击中了军舰的左侧，并化作一股墨黑的气流滑过船身，飞向海面，黑烟随之蔓延开来。而军舰却从中冲出来，避开了浓烟。蒸汽船上的人离海面近，阳光又刺眼，因而在船上乘客看来，军舰看上去像是已经冲到了火星人面前。

那些火星人逐渐分散开来，随着它们向岸边撤退，它们的身体也逐渐浮出水面。其中一个举起了类似相机的热射线发射器，把发射器的头朝下对准，火流一触碰到海水，便激起一股蒸汽。那时，热射线必定贯穿了军舰的铁壁，就像烧红的铁棒穿透纸张一般。

升腾的水汽中忽然蹿起了一束火焰，火星人摇摇晃晃地走了几步，栽了下去，随即，巨浪和蒸汽冲天而起。"雷霆之子"的炮声穿透了浓烈的气味，接二连三地响起。一发炮弹在蒸汽船附近的水面上爆炸，激起高高的水花，然后朝北方疾驰而去的其他船只弹射过去，一艘小渔船瞬间被劈成碎片。

但这一切并未引起太多关注。看到火星人倒下，舰桥上的船长发出一声惊呼，挤在蒸汽船尾部的乘客们也开始齐声尖叫。紧接着，一阵欢呼声响起。因为，他们看到从白色的混乱之中，突然冲出了一个黑色巨物，火焰从中翻腾而出，通风口和烟囱都喷着火。

那是军舰，它依旧在行动，它的舵轮似乎完好无损，发动机也在正常工作。它径直向第二个火星人冲去，在距离火星人不到一百码时，遭到了热射线的袭击。随着一声剧烈的轰鸣和耀眼的闪光，军舰的甲板和烟囱猛地向上翻卷。那火星人因为军舰爆炸的巨大威力而摇摇欲坠。就在下一刻，仍在往前冲的军舰残骸撞上了它，像撞倒一张纸板一样将它压垮。我弟弟情不自禁地大喊起来。滚滚蒸汽再次升起，遮蔽了一切。

"两个！"船长大喊。

所有人都在呼喊。整艘蒸汽船从头到尾都回荡着疯狂的欢呼声，随后被海上挤在一起的众多船只和小艇接力传开，似乎形成了一股驶向大海的呐喊浪潮。

蒸汽在水面上久久徘徊，将第三个火星人和整个海岸线都笼罩在不见天日的迷雾中。在这段时间里，小船稳稳地划着桨，远离战场，向大海深处行进。当最终的混乱散去，一片飘浮的黑烟又突然出现，遮挡了视线，让他们再也看不清"雷霆之子"和第三个火星人的踪影。但是，向外海方向行进的铁甲舰此刻已经非常接近，它们正驶过蒸汽船旁，向海岸线驶去。

小船不断地冲破海浪，继续向外海挺进，而铁甲舰则缓缓退向被迷雾笼罩的海岸——这迷雾似大理石般斑驳，由白雾和黑烟交织而成，以异乎寻常的方式旋绕交织在一起。逃难船队正向东北方分散，一些小渔船在装甲舰和蒸汽船之间穿梭。一段时间后，装甲舰队在抵达那片沉降的烟雾之前，转向北方航行，然后又瞬间改变航线，朝南驶向深沉的暮色之中。海岸线逐渐变得暗淡，最终消失在落日四周层层叠叠的低云里，若隐若现。

随后，在夕阳的金色雾霭中，突然传来了炮声的震动，有黑影在移动。所有人都挤向蒸汽船的栏杆边，努力地朝西方那耀眼如炉的光辉张望，可是什么也看不清。一团团烟雾斜斜地升起，遮挡了太阳。蒸汽船在无尽的忐忑中继续颤抖着前行。

夕阳沉入灰云之中，天空逐渐变得泛红暗淡，昏星露出颤巍的光芒。在暮色深沉之时，船长突然大喊并指向远方。我弟弟瞪大眼睛试图辨认。有什么东西穿过灰色云层，冲向天空——它斜着向上、迅速地穿透云层，进入西方天空上方的光亮之中。那东西非常庞大，又扁又宽，在空中飞速旋转，留下一道弧线，然后又逐渐缩小，缓缓降落，消失在夜晚的灰色迷雾中。在它飞过之际，黑暗正降临大地。

下卷

火星人统治地球

第一章　脚踏绝境

　　本书的上卷中，我频繁偏离主线叙述我弟弟的遭遇。在上卷最后两章，也就是弟弟逃难期间，我和牧师一直藏在哈利福德的一所空旷的房屋里躲避黑烟。现在，我将继续讲述我自己的经历。我们整个星期天晚上以及接下来的星期一（也就是恐慌蔓延的那天）都被困在那个小小的、被黑烟笼罩的房子里，就像是在一座孤岛上。在那两个漫长而焦虑的日子里，我们除了等待，别无选择。

　　我心中充满了对妻子的忧虑。我想象她在莱瑟黑德，处境危险，惊恐万分，或许已经悲痛地认为我已不在人世。当我想到自己与她相隔遥远，以及她可能遭遇的一切时，我就焦急地在房间里踱来踱去，无法抑制自己的眼泪。我的表兄虽然勇敢，足以应对紧急情况，但他并不是那种能迅速意识到危险并立即采取行动的人。现在需要的不是勇敢，而是深思熟虑。我唯一的安慰是火星人正向伦敦移动，远离了她所在的地方。这样说不清的焦虑，让我变得异常敏感，痛苦万分。牧师不停地发出叹息，一遍遍地说着那些让人绝望的话，我听着实在烦躁。劝了几次依然没什么效果，我索性避开他，独自待在房间里。这里应该是一个孩子的书房，桌子上摆放着地球仪、图表和字帖之类的东西。结果牧师也跟了进来，于是我逃到了房子顶层的一个储藏室，把门反锁，一个人沉浸在痛苦中。

那天整整一天加次日上午，我们都困在被黑烟环绕的屋子里，绝望又无助。周日夜晚，隔壁似乎有些骚动——窗户似乎映现出了人影，灯光忽明忽暗，后来还有巨大的关门声。但那些人是谁，他们的命运如何，我无从知晓。第二天，我们也没见到他们。周一清晨，黑烟缓缓向河边飘移，逐渐逼近，最终在我们屋外徘徊。

正午时分，一个火星人穿越田野而来，它身上的喷射装置不断喷出高温蒸汽来驱散黑烟。蒸汽在墙壁上发出尖锐的嘶嘶声，接触到的窗户无一例外地被震碎。在牧师从前厅匆忙逃出时，他的手被这股炙热的蒸汽烫伤。我们小心翼翼地穿过被水汽弥漫的房间，再次向外望去，只见北方的乡村仿佛刚遭受了一场漆黑的暴风雪。转眼望向河畔，那些被焚烧的草地上竟出现了一片难以名状的红色，与黑暗的焦土交织成一幅奇异的景象。

这一变化对我们当下的处境来说意味着什么，一时间我们茫然无措，但至少不用再对那恐怖的黑烟担惊受怕了。不过没过多久，我意识到我们已不再受困，有了逃脱的可能。当我意识到逃生之路已经开放，出发的心思便再次被点燃。但牧师却显得异常迟钝，任凭我怎么劝说都无动于衷。

"外面不安全。"他反复低语，仿佛在自我安慰，"这里才是避风港。"

我下定决心要离开他，其实，我早就应该这么做了！有了那位炮兵的教诲，我现在更机警，也更有经验。我开始寻找食物和水，幸好找到了布条和油，能先简单处理一下我的烫伤，还在一间卧室里找到了一顶帽子和一件柔软的法兰绒衬衫。当他看出我决心独自一人启程时，他突然从颓废中振作起来，表示要与我同行。整个下午都异常宁静，我估摸着大约是傍晚五点，我们沿着被烟熏黑的道路，踏上了通往森伯里的旅程。

在森伯里，以及沿路的几处，不时出现人和马的尸体，形态扭曲，翻倒的车辆和行李散落一地，都被厚厚的黑尘掩盖。那些灰白的粉尘让我想起了被火山毁灭的庞贝古城。我们顺利地抵达了汉普顿，面对这片陌生而怪异的景象，我们心里既好奇又紧张，但是汉普顿好歹有片绿地，没被灰尘掩埋，让人感到些许宽慰。我们穿过宝树公园，那里的鹿在栗树下自由地漫步，远处有些男女急忙朝汉普顿方向走去。最终，我们来到了特维克纳姆，这是我们在这场灾难旅程中遇到的第一拨人。

在远方，汉姆和彼得舍姆的林地仍在燃烧。幸运的是，特维克纳姆没有遭受热射线或黑烟的侵袭，这里的人相对较多，但没有人能告诉我们最新的情况如何。他们大部分像我们一样，趁着短暂的平静，寻找新的避难所。我感觉许多房子里还有居民，他们害怕得连逃跑的勇气都没有。路上随处可见逃离的痕迹，印象尤其深刻的是三辆自行车被堆在一起，后来的马车轮子把它们压得深深陷入地面。我们在大约八点半穿过了里士满桥，急忙跨过那座没有掩护的桥。我注意到河流中有些巨大的红色物体在随水漂流，有些甚至有几英尺宽。我当时不知道那些是什么，也没有时间细看，在我的想象里它们更加可怕了。在萨里这边，到处是变成尘埃的黑烟和死尸，特别是在车站附近，尸体堆积如山。但直到我们朝巴恩斯方向走了一段路后，我们才再次看到了火星人的身影。

在那被烟尘染黑的远方，我们隐约看到三个身影沿着小街急奔向河边，除此之外，没有任何人影。在山上，里士满的火焰在夜空中跳跃，明亮鲜艳。而在城镇之外，那窒息的黑烟却未留下任何痕迹。

我们正向基尤靠近时，突然有一群惊慌失措的人从前方跑来。我抬头一看，一个火星人在屋顶上若隐若现，与我们的距离不足一百码。我们被眼前的危险吓得目瞪口呆，如果火星人稍微低头，我们恐怕就无处可逃了。我们被吓得魂不附体，不敢再往前走，急忙找了个地方躲藏，最后钻进了一个花园里面的小棚子。牧师在那里蹲着，默默地哭泣，完全不愿再走一步。

但我去莱瑟黑德的决心让我无法就此止步。在微弱的夜光中，我重新鼓起勇气，继续前行。我穿过密密的灌木丛，经过一栋大房子的侧门，终于走上了通往基尤的路。我原本把牧师留在了棚子里，但没多久他就又跟了上来。

那一次出发，简直是我至今所做过的最冒失之举。很明显，周围潜伏着不少火星人。牧师刚追上我，远处就出现了一个火星人，不知是刚才那一个，还是另外一个——在基尤方向。四五个黑影在前面急匆匆地奔跑，而火星人正紧追不舍，仅仅三步就追上了他们，那些人像惊慌失措的小鸟般四散逃开。火星人并没有用热射线将他们摧毁，而是把他们一个个捉起来，扔进了背后的巨大金属容器中，就像工人把东西放进背上的篮子里。这是我第一次意识到，火星人对我们这些失势的人类可能有着除了毁灭之外的其他目的。我们被吓得呆立片刻，然后转身逃进了身后一个有围墙的花园，结果不小心摔进了一个沟里，侥幸躲了起来。我们躺在那里，直到夜空中亮起了星星，才敢小声交谈。

大概是晚上十一点，我们鼓起最后的勇气，再次踏上旅程。这次，我们不敢再走公路，而是像幽灵一样悄悄沿着树篱和阴暗的农田前进。黑暗中，我们小心翼翼，牧师负责右侧，我负责左侧，随时准备应对四处潜伏的火星人。走着走着，我们意外闯进一片被火焚烧过的荒地，那里的大地已经冷却，变成了灰白色。地上散落着一些尸体，他们的上半身和头部被烧得面目全非，但双腿和靴子却完好无损。四门炮弹和炮车残骸随意地丢在那里，大约在五十英尺外，我们还看到了几匹马的尸体。

辛镇貌似没遭什么大灾，但四处一片寂静，连个鬼影子都没。我们在这边没撞见死人，但夜里太黑，旁边的小路都看不清楚。走到辛镇，牧师突然觉得头晕眼花，口渴难耐。我们想，不如去问问附近的住户，看能不能找到水解渴。

我们先进的那家是一座半独立的小别墅，折腾半天才从窗户里进去。屋里除了几块长毛的奶酪外，没有其他能吃的东西了，幸运的是，水龙头里有水，勉强能解渴。我顺手拿了把斧头，想着这东西迟早能派上用场。

之后，我们穿过一条路，那条路通往莫特莱克。我们来到了一个有围墙的白房子。在这里的储藏室里，我们找到了吃的：锅里有两块面包，一块生牛肉，还有半块火腿。我之所以记得这么清楚，是因为后来的两周我们只能靠这些东西过日子。啤酒放在架子下面，还有两袋扁豆和几棵有点软塌塌的生菜。储藏室后面是个小厨房，里面堆着柴火。壁橱里，我们还找到了五六瓶勃艮第红酒，几罐汤，罐装三文鱼，还有两盒饼干。

我们坐在昏暗的厨房中，不敢点火柴，只能摸黑吃着面包和火腿，共饮一瓶啤酒。牧师看起来特别紧张，老是催着要赶紧走。我一边劝他多吃点，储备点力气，一边想办法让他冷静下来。正当这时，突然发生了一件令我们意想不到的事，导致我们被困在这座房子里。

"还没到半夜吧？"我自言自语。话音未落，黑暗中突然亮起一道刺眼的绿光，整个厨房里的一切都变得清晰可见。然后，就像电影里的爆炸场面一样，一声震耳欲聋的巨响把我们都吓傻了。紧接着，就听见身后响起像玻璃碎了一样的声音，石头和砖块噼里啪啦地掉了下来，我们头顶的天花板也垮了下来，砸在我们头上，疼得要命。我被猛地撞到炉子把手上，然后就什么也不知道了。醒来的时候，牧师告诉我，我晕过去很久了。那时候周围黑漆漆的，牧师的脸上湿答答的，后来我才知道，原来是他额头上的伤口在流血。他正拿水轻轻拍打着我的脸，试图唤醒我。

我一时迷糊，不太记得发生了什么。但慢慢地，记忆就像拼图一样，一块块拼了回来。我额头上的疼痛，提醒着我刚才发生的一切。

"你感觉好些了吗？"牧师轻声问我。

我费了好大劲才坐起来。

"别动，"他急忙说，"地上全是碎陶瓷，都是从碗橱里掉下来的。一动就会发出声音，我觉得火星人可能还在外面呢。"

我们俩就这么坐着，安静得连对方的呼吸声都听不太清。周围一片死寂，偶尔会有碎石灰或砖头什么的"嘣咚"一声滑下来。外面，近在咫尺的地方，有时会传来一阵阵金属撞击的声音。

"你听！"牧师小声说，"那金属声又来了。"

"听到了，"我低声回答，"但那到底是什么声音？"

"火星人！"他断然地说。

我再仔细听了听，心里忍不住紧张起来。

"那声音不像是热射线。"我小声嘀咕，心想，会不会像之前在谢珀顿教堂看到的那样，有个火星机器人不小心撞到我们这栋房子了呢。

我们的情况太诡异、太难以理解了，直到黎明破晓前的三四个小时里，我们都几乎没动一下。终于，天亮了，但光线并不是从窗户照进来的——窗外还是一片漆黑。光是从我们后面墙上的一堆砖头和梁之间的三角缝隙里透进来的。这是我们第一次真正看清楚厨房的样子，虽然它现在满是灰尘。

我们的窗户被外面的泥土猛撞了一个大洞，泥土和碎石像瀑布一样洒在我们刚才坐过的桌子上，堆成了小山似的围在我们脚边。往外看，可以看到泥土堆得跟房子一样高。窗框上面，有根排水管被整个拔了出来，随意地摆放着。地板上到处都是碎掉的锅碗瓢盆，厨房那一侧朝着房子内部的墙壁也被撞出了一个大洞，阳光从那边照射进来，让人一眼就看出大半座房子已经塌了。在这一片狼藉中，只有那个碗橱还算整洁，漆成了时髦的浅绿色，下面放着一些铜制和锡制的餐具。墙上贴着模仿蓝白瓷砖的壁纸，还有几张彩色的装饰画，在炉灶上方的墙上轻轻飘荡，显得十分凄凉。

随着晨光渐浓，我们透过墙缝看见一个火星人的身影，它似乎是在守护那个还闪着微弱光芒的圆筒。看到这情景，我们借着微弱的光亮，小心翼翼地、悄无声息地爬到了洗碗间更加黑暗的角落里。

忽然，我灵光一闪，明白了一切。

"是第五个圆筒。"我的声音几乎低不可闻，"从火星射来的第五枚导弹，撞到了这座房子，将我们埋在了废墟之下。"

牧师沉默了一会儿，终于小声说："愿上帝保佑我们。"

不久后，我听到他在角落里自顾自地啜泣。

除了牧师的呜咽声外，洗碗间里静悄悄的。我连大气都不敢喘，眼睛死死盯着厨房门口那一丝微弱的光线。我勉强能看见牧师的脸，在昏暗中只是个模糊的椭圆形，还有他的衣领和袖口。外面先是传来了敲击金属的声音，接着是尖锐的呼啸声。过了一会儿，又听到像是机器发出的嘶嘶声。这些声音断断续续的，时强时弱，似乎越来越频繁。不久，整个地方都开始震动，厨房里的器皿也随之叮当作响。有一刻，外面的光线突然消失，厨房门口变得一片漆黑。我们可能在那儿蜷缩了好几个小时，一声不吭地坐着，然后渐渐昏睡过去。

终于，我饿得醒了过来。我觉得我们肯定是睡了大半天。饥饿感让我不得不行动起来。我对牧师说我要去找点吃的，就摸黑爬向储藏间。他没有回答我，但当我开始吃东西时，我轻微的动静引起了他的注意，我听到他也摸索着跟了过来。

第二章　破屋窥天

吃完东西，我们俩又偷偷溜回洗碗间。我可能又不知不觉打了个盹儿，因为等我醒来一看，牧师不见了。那种沉闷的震动声还在继续，弄得人心烦意乱。我轻声喊了牧师几次，但没人应答。我摸索着找到了厨房的门，推开一看，天色依然明亮。我看到牧师躺在房间的另一侧，紧贴着那个朝外的三角形洞口，他的肩膀高高耸起，所以我看不到他的头。

四周传来的声音，听起来就像火车修理厂里的噪声一样。那砰砰的声音让整座房子都为之颤动。透过墙上的洞，我能看到树梢被夕阳染成金黄色，静谧的天空漫开温柔的蓝色。我就那么看着牧师，足足有一分钟的时间，然后开始小心翼翼地穿过满地的碎陶瓷，蹑手蹑脚地往他那边移动。

我轻轻触碰了牧师的腿，他猛地一惊，动作太大，把外墙上的一大块石膏都给震了下来，石膏随着一声巨响砸在了地上。我紧紧抓住他的胳膊，生怕他叫出声来。我们俩就这样蹲着，一动不动。过了好一会儿，我才鼓起勇气转身去看我们的防护墙还剩下多少。那块石膏掉下来后，在墙上留下了一条竖直的裂缝。我缓缓地，尽量不发出声响地爬过一根横梁，通过那个裂缝往外看。外面郊区的马路，从昨晚到现在一直都是很安静的，但一切都变得面目全非。

第五个外星飞行器准确无误地坠落在我们此前探访的那栋楼上。整栋楼被猛烈的撞击粉碎、瓦解，彻底崩塌，然后散落一地。圆筒般的飞行器深深嵌入了地面，造成的坑洞比我在沃金所见的还要大得多。周围的泥土在那股巨大的冲击力下飞溅开来，就像泥浆被重锤猛击般散开。我们那座房子也被震动波推倒，倒塌的正面甚至将底层也夷为平地。幸运的是，厨房和杂物间还算完好无损，现在它们被尘土和废墟掩埋，四面土墙紧紧包围，只有朝向圆筒的那一面还留有空隙。我们现在正处于火星人挖掘的巨大圆坑的边缘。沉闷的敲击声就在我们身后，间或有明亮的绿色烟雾升腾而起，像一层薄纱在我们窥探的小洞前飘过。

在巨大的坑洞中心，那个圆筒已被打开。在坑的另一端，一台庞大的战斗机器静静地矗立在夜空中，看起来它的驾驶员已经离开。其实我刚开始并没有特别注意到飞行器和巨坑，我之所以先提它们，只是因为叙述起来更顺手。更吸引我的是挖掘现场那些繁忙的、闪闪发光的机械装置，以及一些正在缓慢而痛苦地在一旁的土堆中爬行的奇异生物。

最先引起我注意的，是那台挖掘用的机器。这种复杂精密的装置，后来被称作"操控机器"，对它的研究极大地推动了地球上的发明创新。我第一眼看到这台操控机器时，它给我留下了深刻印象：它就像一只金属蜘蛛，有五条灵巧的关节腿，还有许多用来伸展、抓握的杠杆和触手。大多数的臂膀都是缩起来的，但它正用三条长触手，从飞行器的外壳里取出许多金属棒、板片和条形物，这些似乎是用来加固圆筒壁的。这些零件被取出后，都被放置在机器身后的平地上。

这台机器动作快捷，复杂又精准，一开始我甚至没把它当作一台机器，尽管它散发着金属的光泽。与之相比，那些战斗机器虽然动作协调、仿生程度很高，但还是无法和操控机器相提并论。那些从未亲眼见过它的构造的人，只能依靠画家笔下的粗略描绘或者像我这样的目击者的不完美描述来想象，很难领会到它们那种近乎生物的特性。

我尤其记得早期有一本关于这场战争的小册子。其中的插画家显然只是匆忙地观察了一下战斗机器，他的了解也仅限于此。他画的战斗机器呈倾斜状态，三条腿僵硬无比，既不灵活，也不精妙，整个画面完全是在误导人。这些描绘在当时的小册子里流行一时，我在这里提及它们，只是想告诫读者，不要被这些插图误导。它们和我亲眼所见的火星人的活动能力相比，就像荷兰木偶和真人之间的差距一样大。在我看来，那本小册子没有这些插图反倒会更好。

最开始我看到那台操控机器时，它就像是金属质感的螃蟹，因为操纵它的火星人会用一些细长的触须来控制它，就像螃蟹用大脑控制身体一样。但后来，我发现它那灰褐色、闪亮、像皮革一样的外壳和周围一些展开的部位很相似，我才意识到这台机器其实是个技艺高超的工人。这种发现让我对那些真正的火星人更感兴趣了。我对火星人已经有了一些印象，现在那最初的不适感也不会妨碍我观察了。而且，我藏得很好，不用动，也不急着逃跑。

这些火星人真是超乎想象的怪异。它们有着巨大的圆形身体，或者说是头部，直径大概有四英尺。每个身体的前面都有一张没有鼻子的脸，只有一对巨大的深色眼睛和一个像喙的肉质部分。它们头部的背面有一个类似鼓膜的结构，我们后来才知道那其实是耳朵，但在我们这种厚重的大气中，它们几乎无法发挥作用。嘴巴周围是十六根像鞭子一样的细长触须，分成两束排列。后来，解剖学家豪伊斯教授将其命名为"手"。我第一次看到这些火星人时，它们似乎在努力用这些"手"撑起身体，但因为地球上的重力，它们做不到。不过，可以想象，在火星上，它们可能依靠这些"手"来轻松地移动。

后来，通过解剖火星人，我们了解到它们的内部构造其实也挺简单的。它们身体的大部分是大脑，控制着与眼睛、耳朵和触须相连的众多神经。除此之外，还有体积庞大的肺——嘴巴直接通向肺部，用来呼吸；同时，还具备心脏和血管系统。在地球这样密度更高、重力更大的环境下，它们明显会感到呼吸困难，这从它们外皮上的抽搐动作就可以看出来。

火星人的身体就这些器官了。对我们人类来说，可能觉得不可思议，但火星人没有人类体内占据大部分空间的复杂消化系统。它们基本上全是头，没有内脏。它们不进行传统意义上的进食，当然也就没有消化过程。它们的生存方式是抽取其他生物的新鲜活血，然后直接注入自己的血管里。我曾目睹了这个过程，在后面会提到。但说实话，那血腥场面让我不忍多看一眼，更不用说将其描述出来了。只能说，它们一般是从活着的动物，尤其是人类身上提取血液，然后通过一根细管直接输送到它们的血管……这就是我所能描述的极限了。

想到这些，我感到极度恶心。但同时，我们也应该意识到，我们吃肉的习惯对于一只有智慧的兔子来说，也同样令人厌恶。

火星人通过直接注血的方式摄取营养，生理上的确有其优势。想想看，人类通过进食和消化来摄取营养，这个过程耗费了多少时间和精力。我们的身体有一半都是由腺体、管道和器官组成，它们的工作就是把各种食物转化成血液。消化过程及其对神经系统的反应，不仅耗费了我们的体力，还会影响我们的心情和思维。人们的快乐或痛苦，很大程度上取决于他们的肝脏和胃部是否健康。但火星人则超越了这些生理上的波动和由这些生理上的波动带来的情绪变化。

火星人偏好以人类作为其营养来源，这一点在它们从火星带来的干瘪遗体上有所体现。据后来得到的这些遗体来看，这些生物靠双脚站立、行走，拥有轻薄的硅质骨架（几乎和硅质海绵的骨架相似），肌肉发育不良，身高约六英尺，头部圆圆的，且保持直立状态，眼睛大大的，镶嵌在像石头一样坚硬的眼眶里。每个飞行器里大约带了两到三个这样的生物，但在抵达地球之前，它们都已经被杀死了。其实对它们来说，被提前杀死也许是件好事，因为即使它们活着到达地球，光是尝试站立，地球的重力就足以让它们的骨头支离破碎。

我既然写到了这里，就顺便再补充一些细节吧。虽然当时我们并不了解这些，但这可以帮助那些不熟悉火星人的读者更清晰地了解这些凶残生物的特征。

火星人的生理结构和我们有三点显著的不同。首先，它们的身体机能是不需要休息的，就像人类的心脏一样总是在运作。由于它们没有复杂的肌肉系统需要休息和恢复，所以它们不像我们有睡眠这一周期性的休息时间。它们似乎很少感到疲劳。即使在地球上，它们的行动虽然费力，但它们始终保持着活力。它们能够一天二十四小时不停地工作。

其次，尽管这在性别分化的世界里听起来很奇怪，但火星人的确没有性别差异，因此它们也就没有人类因性别差异而产生的那些复杂情绪。可以肯定的是，在地球上的战争期间，确实有一个小火星人诞生了。人类发现时，它还部分地附着在母体上，是通过一种类似于植物出芽的方式繁殖的，有点像百合球茎的幼芽或淡水水螅的幼体那样。

在人类以及地球上所有的高等动物中，这种繁殖方式已经消失了，但它无疑是地球上最原始的繁殖方法。在那些低等生物里，比如脊椎动物的亲戚被囊类，它们既能有性繁殖也能无性繁殖，但最后还是有性繁殖占了上风。不过在火星，情况好像正好相反，是无性繁殖取代了有性繁殖。

这里值得一提的是，远在火星人入侵地球之前，一名在科学界颇有声望的理论作家就预言了类似火星人这样的最终结构。我记得他的预言发表在 1893 年 11 月或 12 月的《蓓尔美尔杂志精编版》，那是一本早已停刊的杂志。我还记得，在火星人出现之前的某个时期，《捧趣》杂志上有一幅对这篇文章的讽刺漫画，那位作家半开玩笑地写道："机器设备会慢慢取代我们的手脚，化学设备会取代我们的消化系统。像头发、鼻子、牙齿、耳朵和下巴这些部分对人类来说将不再那么重要，自然选择可能会让这些部分越来越小。唯一真正重要的就是大脑了。不过，手还是挺有用的，因为它是大脑的帮手，所以即使其他部分都退化了，手还会变得更大。"

尽管那幅漫画有些戏谑的成分，但其中确实包含了许多真实的信息。我们从火星人身上看到的，正是智力高度发达，动物性特征被压制的生物。我甚至觉得，火星人可能是从跟我们差不多的生物进化而来的，只不过随着时间推移，它们的大脑和手（后来变成了两根细小的触手）逐渐发展，其他部分却逐渐退化了。没有了身体，大脑便成了独裁者，失去了人类的情感基础。

火星人和我们的另一个明显不同之处，可能你会觉得不太重要。那些在地球上引起种种疾病和痛苦的微生物，在火星上要么不存在，要么早就被火星人高超的卫生科学给消灭了。那些人类生活中的各种疾病，像发烧、传染病、肺结核、癌症、肿瘤等，在火星人那里都是闻所未闻的。再说说火星和地球生活的不同吧，我还想提一下那些奇怪的红草。看来火星上的植物也跟地球上的不一样，主要颜色不是绿色，而是一种鲜艳的血红色。至少火星人带来的种子都长出了红色的植物。但只有那种被叫作"红草"的植物，在与地球植物的竞争中存活了下来。红草的生命周期很短暂，没几个人见过它完整的生长过程。但它一度长势很旺，尤其在我们被困的那几天，它就在那个大坑边上快速蔓延，给我们的三角窗镶上了一圈红色的边。后来，红草迅速蔓延至全国各地，且多生长于水域。

火星人的听觉器官似乎是位于头部后面的那个圆形的膜。它们的视野范围和人类差不多，不过据菲利普斯说，蓝色和紫色在它们眼里看起来是黑色的。大家普遍认为，火星人是用声音和触手的手势来交流的，比如之前我提到过的那本小册子就是这么说的，但那本书虽然畅销，却写得有点草率（显然作者没亲眼见过火星人）。目前，这本小册子是关于火星人的主要信息来源。

但我敢说，没人比我看到过更多的火星人活动。我这么说并非自夸，而是事实。我仔细观察过它们好几次，看到过四五个，有一次甚至是六个火星人一起从事着复杂的操作，却既不发出声音，也不做任何手势。它们进食之前总是发出一种呼噜声，音调毫无变化，在我看来这绝非传递信号，只是在排气，为吸食做准备而已。我觉得自己对心理学还算有些了解，在这件事上，我坚信火星人能够在不借助任何物理媒介的情况下交换思想。尽管我之前有很强烈的成见，但我现在确信无疑。在火星人入侵前，我曾经写过一篇批评心灵感应理论的文章，可能有些读者还记得。

火星人并不穿衣服，这可能是因为它们对于装饰和礼仪的理念与我们的完全不同。它们对温度变化的感知能力比我们弱得多，而且看起来压力的变化对它们的健康影响也不大。尽管它们不穿衣服，但它们在其他方面的身体素质远超人类。我们人类使用的各种工具，如自行车、滑板车、滑翔机、枪支和拐杖等，都是火星人发展初期所用的技术手段。火星人几乎变成了纯粹的大脑，根据需要装备不同的"身体"，就像我们根据不同场合穿戴不同的衣物或使用不同的工具一样。对于火星人的装备，最令人惊奇的特点是，它们缺少人类机械装置中的一个主要元素——轮子。火星人带到地球上的所有设备中都没有发现轮子的踪迹。这一点不禁让人好奇，因为至少在移动设备上，我们会期待看到轮子的使用。值得注意的是，即便在地球的自然界中，轮子这种结构也并未出现，或者说自然界选择了其他的替代方案。这表明火星人可能根本就不知道轮子这一概念，或者出于某种原因选择不使用轮子。此外，在它们的装备中，固定或相对固定的轴承和绕轴的圆周运动也很少被使用。在它们的机械装置中，几乎所有的关节都是由复杂的滑动系统组成，这些系统在精密制作的弧形轴承上运动。值得一提的是，它们的装备中有一个显著的特点，那就是很多机器的长杠杆都会通过类似肌肉的圆盘系统来驱动，这些圆盘被弹性材料包裹，能够在电流通过时紧密地聚合或分散。这种设计使得火星人的机器在运动方式上与动物极为相似，给地球上的观察者带来了极大的惊奇和不安。例如，我第一次从窗口偷看时，就见到一台蟹形的操控机器正在从飞行器中卸货。与那些刚结束星际旅行、在夕阳下喘息、无力挥动触手、步态蹒跚的火星人相比，这些机器显得更加生动、充满活力。

我正看着火星人在太阳下慢悠悠地活动，注意着它们每个奇怪的小细节时，牧师突然用力拉了拉我的胳膊，提醒我他还在这儿。我转头一看，他满脸不高兴，嘴巴紧闭，一言不发。他也想看看外面的情况，但那个窥视的小缝隙太窄了，一次只能一个人看。于是我只好先让开，让他也看看。

等我再次凑到观察位置时，那个忙碌的操控机器已将从飞行器里拿出的零件组装成了一个和它身形相似的东西；在左边，一台小型的挖掘机器正忙活着，机器喷射出绿色的蒸汽，围绕着大坑挖土，有条不紊地工作着。原来是这个机器发出的那些有规律的敲击声，不断撼动着我们摇摇欲坠的避难所。它在工作时还发出了吹气声和哨声。就我所见，这个机器似乎并不受火星人的控制。

第三章　黑暗囚牢

　　当第二架战斗机咆哮着降临时，我们从那个隐蔽的窥视孔匆匆撤退到洗碗间，心中充满了对高高在上的火星人的恐惧，担心它们从高处看穿我们的藏身之地。随着时间的推移，我们开始觉得自己躲在黑暗中或许会更安全些，毕竟对于那些在刺眼阳光下的火星人来说，我们的避难所应该是一片漆黑才对。最初，任何细微的声响都足以让我们心慌意乱地退回到这个临时的避难所。现在想来，我仍觉得不可思议：当时我们危在旦夕，随时可能饿死，甚至可能遭受更为可怖的杀戮，可我们竟然还在为着可怕的窥视特权而激烈争执。我们会在厨房里忐忑不安地跑来跑去，一方面急切地想要窥视外面的世界，另一方面又害怕发出响声。我们相互推搡、踢打，就像在危险的边缘上演一场荒谬却又扣人心弦的生死之舞。

　　我俩在性格和行为上简直是天差地别，这种险境和孤立只会加剧彼此的矛盾。在哈利福德的时候，我就受够了牧师那种遇事就哇哇叫的毛病，他那头脑简直跟石头似的。他那絮絮叨叨的话语，搞得我连个像样的计划都想不出来，有时候这种憋屈感让我差点疯掉。他就跟个没大脑的傻丫头一样，一点自控力都没有，能哭上好几个小时。我敢打赌，这个被宠坏的家伙到最后还觉得他那点儿眼泪起了什么奇效。我只能坐在黑暗里，他那烦人的唠叨让我心神不宁。他吃得比我多，我费了半天劲儿跟他说，我们唯一的生路是待在屋里等火星人搞定他们的坑，而这期间我们只能依赖仅存的食物。可他听不进去，总是隔好久大吃大喝一顿，而且不怎么睡觉。

随着时间的推移，他那种完全不顾及任何事情的态度，让我们的困境和危险越来越严重。我真的不想这么做，但别无选择，只能先威胁，最后甚至用上了暴力。这样他才暂时听话了一会儿。他就是那种软弱的人，没有一点自尊，胆小如鼠，毫无血性，内心狡猾卑劣，既不敢面对人，也不敢面对上帝，甚至连自己都不敢正视。

这些令人不快的回忆，我本不愿说起，但为了让我的故事更完整，我还是必须把它们记录下来。那些未曾步入生活的阴影，未经历过黑暗与恐惧的人，可能会轻易地批评我在末日悲剧中的粗暴和愤怒，因为他们懂得分辨对错，却未曾真正体会过在极度痛苦中的人可能做出的行为。但那些曾在阴影中苦苦挣扎，最终回归生命最本质状态的人，他们会有更深的理解和宽容。

在我们阴暗的小屋里，我们一边压低声音唇枪舌剑，一边争抢食物和饮料，时而握手，时而拳脚相加。而在废墟外面，在那酷热难耐的六月的阳光下，火星人在巨坑中的陌生举动成了一种奇异的常态。回到我自己的经历，经过漫长的等待，我终于鼓起勇气再次偷看窥视孔，发现新来的火星人已得到至少三台战斗机的增援。这些最新抵达的火星人带来了一些新的设备，它们整齐地排列在圆筒周围。第二台操控机器已经组装完毕，正在协助一台奇特的大型机器。这台机器的主体像牛奶罐，上方是一个摆动的梨形容器，从中流出的白色粉末像瀑布一般倾泻入下方的圆形盆中。

这个梨形容器的摆动是由操控机器的一个触手控制的。机器用它的两个像铲子似的手臂挖掘泥土，然后将其扔进上面的容器里。同时，它还用另一个手臂定期打开机器中间的门，清除掉那些生锈和变黑的炉渣。还有一根钢铁似的触手，把圆盆里的白粉沿着带棱纹的管道送到我看不见的地方。从那个隐藏的地方，升起了一缕薄薄的绿烟，直冲向宁静的天空。在操控机器发出轻微的叮当声中，我看到一根本来只是个钝头的触手突然伸长，像望远镜一样，直到尖端消失在黏土堆后面。不久之后，它又举起了一根闪亮如新的白色铝条，小心翼翼地放到坑边那越来越高的铝条堆上。在日落之后，星光出现之前，这台机器已经用天然陶土做了一百多根铝条，那堆蓝灰色的粉尘也不断地堆高，最后比坑的边缘还高。

这些机器动作快、花样多，但它们的主人们就只会喘着粗气，一动不动，这样对比真是太明显了。这几天，我不得不时刻提醒自己，真正具有生命的其实是那些看似无生气的主人。

当第一批人被带到那个巨坑时，牧师正占据着我们的窥视孔。我蜷缩在下方，全神贯注地倾听着外面的声响。牧师突然后退了一步，我吓得以为我们被发现了，于是猛地蹲了下来。他从碎石堆上滑下来，在黑暗中摸索着挪到我身边，嘴里含糊不清地嘟囔着，慌乱地打着手势，我也被他的恐慌感染了。他的手势似乎是在示意让我去窥视。过了一会儿后，在好奇心的驱使下，我鼓起勇气，站起身，越过他，攀上了窥视孔。最初，我对他那么恐慌的原因感到一头雾水。周围已被暮色笼罩，星光苍白，但是制铝的绿色火焰照亮了整个巨坑。那里是一幅绿光闪烁、黑影不断变换的迷幻图景，令人眼花缭乱。蝙蝠在空中飞舞，对这一切似乎毫不在意。那些躺卧的火星人已经不见了，一堆蓝绿色的粉尘将它们盖住。一台战斗机器收缩着腿，蜷缩在坑的一角。就在那时，在机器的铿锵声中，我隐约听到了人声，但那时我太专注于眼前的景象，没将那声音放在心上。

我蹲伏在那儿，目不转睛地观察着战斗机器，这是我第一次确信罩子里藏的确实是一个火星人。绿色的火焰跳动着，我能看到火星人油亮的外皮和眼睛中的明亮光芒。突然，一声尖叫划破了夜空，我看到战斗机器的一根长触手伸向它背后的小笼子。接着，有个东西在高空中挣扎着，一团模糊的黑影在星光下扭动。当这个黑色物体再次落下时，借着绿色的光晕，我看清楚了，那竟是一个人。等光照到他的瞬间，我看清了，那是个肥胖、面色红润的中年男人，穿着考究。就在三天前，他可能还是个举足轻重的人物。我能看到他惊恐的眼睛，也能看到他衣服上的纽扣及手链反射出的光芒。他消失在土堆后面，接着是一阵死寂。然后，火星人发出尖锐的叫声和持续的欢呼。

我从石堆上滑下来，摇摇晃晃地站起身，用手拍打着耳朵，快速跑向洗碗间。一直默默抱头蹲着的牧师抬起头来，看到我离开，大喊了一声，追了上来。

那晚，我们俩躲在洗碗间，十分害怕，却又被墙缝外的危险所吸引着。我知道我们必须采取行动，但脑海中却怎么也想不出一个逃脱的办法。到了第二天，我开始能清楚地思考我们的处境。牧师已经无法加入讨论了，昨晚的恐怖场面把他剩下的一点理智都吓没了，他几乎变成了一只动物。但我得振作起来，毕竟俗话说，自救者神助。一旦我能直面事实，我意识到，尽管我们的处境极为糟糕，但还没有到绝望的地步。我们最主要的机会在于火星人可能只将这个坑作为一个临时营地。即使他们长期占据这里，他们可能不觉得有必要时刻守卫，这就为我们提供了逃跑的可能。我还仔细考量了向坑外挖掘逃生通道的可能性，但这样做的初期，我们就很容易被战斗机器的哨兵发现。而且，所有的挖掘工作看来只能靠我自己来完成，牧师肯定帮不上忙。

要是我没记错的话，那是在第三天，我亲眼见证了那惊心动魄的一幕——一个人被火星人残忍地夺去了生命。那是我唯一一次近距离观察到那些异星生物捕食。那场景宛如噩梦，让我接下来的半天里都不敢再往那狭窄的墙缝外瞥一眼。我蜷缩回了厨房，把门板一块块拆了下来，手持斧头，在地下挖掘了好几个小时，像做贼一样小心翼翼。当我挖到两英尺左右深的时候，松散的泥土突然崩塌，发出震耳欲聋的声响，我被吓得不敢再动一下。那一刻，我的勇气像被风吹走的灰尘，我就这么倒在冰冷的厨房地板上，连动一动的意志都消失了。从那以后，我就完全放弃了通过挖掘逃脱的念头。

在那些火星人的威慑下，我几乎失去了所有希望，我心想，我们不可能靠人力打败它们，逃出生天。但到了第四或第五个夜晚，远方的天际却传来了雷鸣般的炮声，那声音在寂静的夜空中回荡，唤起了我内心深处的一线希望。

那晚，时间已经很晚，月光如洗，银白而清冽。那些挖掘的机器不见了踪影，只有一个孤独的战斗机器在远处的土堆上静静守候，另一个我看不见的操控机器则隐藏在我的窥视孔正下方的角落里。四周是一片沉寂的黑暗，唯有操控机器散发出的苍白的微光和月光在地上洒下的斑驳的影子。整个夜晚宁静而又美丽，除却一颗行星，月亮似乎独自占据了整个夜空。忽然，一声狗吠打破了这份静谧，那久违的声音让我停下脚步，侧耳倾听。紧接着，清晰的轰鸣声响起，像是远方的大炮在诉说着什么。我数着声音，一共六响，然后又是六响。之后，一切又归于寂静。

第四章 牧师之死

在被困的第六天，我最后一次偷看外面，发现自己已是孤单一人。牧师不再争夺观察口，而是回到了杂物间。我悄悄跟了过去，在黑暗中听到他喝酒的声音。摸索中，我的手触到了一瓶勃艮第红酒。

我们争执了几分钟。红酒瓶摔在地上碎了，我便停下来站起身。我们对峙着，彼此气喘吁吁，眼神中闪烁着敌意。最终，我决定制定规则，阻止他接近食物。我将食物分成足够维持十天的份额，不允许他那天再进食。下午，他虚弱地试图拿食物，我虽然在打盹儿，却立刻警觉起来。接下来的一天一夜，我们面对面坐着，我固执地坚持着，而他则哭泣着抱怨自己很饿。虽然只是一天一夜，但对我来说，却仿佛无穷无尽。

我们的分歧最终演变成了公然的争斗。在那漫长的两天里，我们的冲突不断升级，时而低声争执，时而激烈摔跤。我有时会被愤怒冲昏头脑，对他拳打脚踢，有时又试图用言语安抚他。

我甚至拿出最后一瓶勃艮第红酒作为贿赂，因为至少我还能从雨水泵里获取水。但无论是强硬还是柔情，对他都无济于事，他已经彻底丧失了理智。他对食物的贪婪和不停的自言自语，已经无法被任何规则制约。我逐渐认识到，他已经完全失去了思考能力，我在这狭小、闷热的黑暗中唯一的伙伴，现在成了个疯子。

回想起来，我自己的心智似乎也有过短暂的迷失。每当我睡去，总会做些荒诞而可怕的梦。虽然听起来矛盾，但恰恰是牧师的虚弱和精神错乱，让我保持了最后的一丝理智。

到了第八天，他的声音由低语变成了高谈阔论，我无论如何也无法使他安静下来。

"这是上帝的公正审判！"他反复呼喊着，"这是公正的。应由我们来承担这惩罚。我们犯了罪，我们走错了路。到处是贫穷和悲哀，穷人在尘土中遭受践踏，而我却默不作声。我宣扬的是可笑的谬论——我的上帝，那是何等的愚蠢！——我本应挺身而出，哪怕为此献出生命，也要召唤他们忏悔！忏悔！……压迫穷苦之人的……上帝的酒榨已经准备就绪！"

随后，他的话题又转回我拒绝给他的食物上，先是祷告，接着哀求，然后是泪流满面，最后甚至开始威胁我。他的声音逐渐提高，我不断恳求他压低音量。他发现了我的恐惧所在，威胁要大声呼叫，把火星人招来。这让我心惊胆战，但我知道，只要稍做退让，我们逃生的机会就会瞬间减少。我坚定地反抗他，尽管我不确定他是否真的会那样做。但那一天，他至少真的没有大喊。第八天和第九天，他时而威胁，时而哀求，声音越来越大，掺杂着他对自己作为上帝的仆人的虚伪忏悔，这让我对他充满了怜悯。然后他会短暂睡去，醒来后又重拾力量，声音大得我不得不让他停下。

"安静些！"我求他。

他跪起身——昏暗中，他一直坐在地上的铜器边上。

"我安静得太久了，"他说，声音肯定足以穿透整个巨坑，"现在，我要见证了。让灾祸降临这座不忠诚的城市！灾祸！祸哉！祸哉！祸哉！因其他号角之声，祸哉地球上的居民——"

"闭嘴！"我站起来，害怕火星人会听见，"求求你，看在上帝的分上——"

"不，"牧师高声喊道，也站了起来，张开双臂，"说吧！主的话语降临我心！"

他三步并作两步走到通往厨房的门前。

"我必须做见证！我要走了！已经拖延得太久了。"

我本能地伸出手，却摸到了墙上的斩骨刀，身体在恐惧的驱使下迅速冲向他，心中充满了怒火。我在厨房的中央迅速追上了他。在最后的人性驱使下，我转动了刀刃，用刀柄猛击了他一下。他向前跌倒，全身摔在地上。我绊了一下，急促地喘

173

着气站稳。他静静地躺着，一动不动。

突然，我听到外面有声响，是石膏哗啦滑落的声音。墙上的三角形缺口暗了下来。我抬头一看，只见一架操作机器的底部正缓缓移过洞口。它的一条抓握肢在瓦砾中蜷曲着，接着又出现另一条肢体，摸索着爬过倒塌的横梁。我吓呆了，直直地盯着。这时，我看到靠近那躯体边缘的某种玻璃板后面，出现了一张我们姑且称之为脸的东西——一双火星人的大黑眼睛，正窥视着。接着，一条金属蛇似的长触手慢慢地从洞口探了进来。

我努力转过身，却在牧师身上绊了一跤，终于停在洗碗间门口。那触手已经伸进屋里两三码远，它在空中扭动、转动，忽然之间又急速动作。这场慢吞吞、断断续续的怪异舞蹈把我看呆了。过了一会儿，我带着微弱的嘶哑声强迫自己穿过洗碗间。我全身剧烈地颤抖着，几乎站不稳。我打开了煤窖的门，站在黑暗中，盯着微光映照的厨房门口，全神贯注地倾听。我在想，火星人是否已经注意到了我？它此刻又在做些什么呢？

在那个角落，有什么东西正轻巧地往返移动，动作极为谨慎。它时不时轻触墙壁，或是在一阵微弱的金属般叮铃声中悄然行动，仿佛是钥匙串上摇曳的钥匙所发出的声响。紧随其后，一具沉重的身体——我太清楚那是什么了——被缓缓拖过厨房的地面，向那个出口挪动。不可抗拒的好奇心促使我轻手轻脚地走到门前，偷偷窥探着厨房内的情景。在外界明亮的阳光投射出的三角光斑中，我看到了那个火星人，它正操纵着似百臂巨人般的操控机器，仔细观察着牧师的头颅。我立刻意识到，它可能会从我对他造成的伤痕中，推断出我的踪迹。

我小心翼翼地退回煤窖，轻轻关上门，在黑暗中尽可能无声地躲藏在堆积的煤炭和柴火之间。我动一下，又停一会儿——紧张地倾听着，以确认那火星人是否又将其触手伸过了洞口。

那细微的金属叮铃声又一次响起，我感觉到那触手在厨房中缓慢地探索。不久，声音似乎更近了——在我的判断中，它已经到了洗碗间。我想它的长度可能还不够长，够不到我这里。我不停地祈祷。它慢慢地穿过洗碗间，轻轻地刮擦着煤窖的门。随后是一段几乎难以忍受的长时间等待。接着我听到它在摆弄门闩！它找到门了！火星人竟然懂得如何操作门！

它似乎在捣鼓门闩，大约一分钟后，门开了。

在黑暗中，我勉强能看见那个东西——更像是大象的鼻子——向我这边挥舞着，探触着墙壁、煤炭、木头以及天花板。它仿佛一条漆黑的蠕虫，在黑暗中摇晃着它的头，来回移动。

它轻轻触碰了我的鞋跟。我差点尖叫出声，于是迅速咬住自己的手。那触手暂时停下了动作，我几乎以为它已经缩回去了。紧接着，一声突兀的咔嗒声，它紧紧抓住了某物——我以为它抓到我了！然后似乎又退出了煤窖。那一刻，我不敢肯定。后来我才意识到，它拿走了一块煤。

我趁机稍微调整了一下酸痛的身体，然后静静倾听。我默默地、热切地祈求着安全。

接着，我又听到那声音缓慢地、小心地再次向我靠近。它慢慢地、慢慢地接近，沿着墙壁刮动，轻敲着窖内的物品。

它熟练地敲击了一下煤窖门，随后将其关上。我听到它走进储物间，饼干盒发出嘈杂的响声，一个瓶子摔碎了。紧接着，煤窖的门传来沉重的撞击声。随后，是一片漫长无尽的静谧和等待。

它离开了吗？

最终，我相信它确实已经离开了。

它不再出现在洗碗间，这让我稍微安心了些。可是，在第十天，我整天整夜都缩成一团，藏在煤炭和柴火之间的狭窄黑暗里。我渴得厉害，但却不敢爬出去找水喝。直到第十一天，我才鼓起勇气，小心翼翼地离开了我的避难所，去找水解渴。

第五章　静默求生

　　当我再次踏入储藏间时，我紧急关上了厨房和洗碗间之间的门。但我的心一沉，储藏间空无一物，所有食物都不翼而飞了。显然，火星人前一天就已经把它洗劫一空了。那一刻，我真正感受到了绝望。第十一天和第十二天，我滴水未进。

　　嘴巴干得像沙漠，喉咙仿佛被火烤过，我的力量在一点点消逝。我在黑暗的洗碗间里坐着，心中充满了无尽的失落和痛苦。我的脑海里只有一个念头：食物。我开始怀疑自己是否失聪了，因为从火星人的营地传来的声音突然全都停止了。我甚至没有足够的力气去偷偷地爬到窥视孔那里，不然我真想看看外面究竟发生了什么。

　　我的喉咙痛得令人难以忍受。冒着惊动火星人的风险，我硬着头皮去操作旁边水槽的老旧雨水泵。它发出吱嘎声，但我还是接到了两杯颜色发黑、略带异味的雨水。喝下这水后，我感觉好多了，而且因为泵水的声音没有招来任何可怕的触手，我也有了些勇气。

在接下来的几天里，我时常胡思乱想，思绪飘忽不定，一会儿回忆起牧师和他死亡的情形，一会儿又琢磨起那些模糊的、不切实际的逃脱计划。

到了第十三天，我又喝了一些水，昏昏欲睡，思维杂乱无章地盘旋在关于食物的幻想和一些模糊、不切实际的逃脱计划上。每当我打盹儿时，就会做些可怕的梦，梦见牧师的死亡或者是丰盛的晚餐。但不论是醒着还是睡着，那股尖锐的疼痛都在不停地刺激我，驱使我不断地去喝水。照进洗碗间的光线不再是灰色，而是变成了红色。在我混乱的想象中，它仿佛是鲜血般的红色。

在第十四天进入厨房时，我惊讶地发现红草已经穿过墙洞，来到了厨房里，把昏暗的空间染成了一片朦胧的猩红色。这一景象让我感到震惊。

到了第十五天的早晨，我在厨房听到了一系列熟悉却又奇异的声音。细听之下，我确认那是狗在嗅探和抓挠的声音。进入厨房，我看到一只狗的鼻子正从红草间探出。这让我惊讶万分。它闻到了我的气味，于是叫了一两声。

我开始琢磨，如果能引诱它安静地走进来，我或许有机会将它作为食物。而且，为了不引起火星人的注意，杀掉它似乎是唯一的选择。

我小心翼翼地向前移动，轻声说着"好狗狗"，但它猛地把头往后一缩，转身跑了。

我静静地倾听——确信我并没有失聪——但巨坑那边却一片寂静，偶尔还能听到鸟翼拍动的声响和粗哑的鸣叫。

我长时间蜷缩在那个观察孔旁，犹豫着是否要推开挡在前面的红色植物。偶尔，我能听到远处沙地上传来的轻微脚步声，像是一只狗在四处奔走，同时还伴随着更多的鸟鸣。但除此之外，再无其他的声音。终于，在这片寂静的鼓舞下，我决定探出头去。

我小心翼翼地往外看去。巨坑里，一个角落里，成群的乌鸦在争夺火星人遗留下的尸骨，除此之外再也没有其他生物的踪迹。

我环顾四周，几乎不敢相信自己的眼睛。所有的机器都不翼而飞。除了角落里一堆灰蓝色的粉末，另一处的铝罐，以及那些乌鸦和被杀死的尸骸外，这个地方不过是沙地上的一个空旷的圆形坑洞。

我缓慢地从红草的密林中挣扎着爬出去，站在碎石的小山丘上。四周除了我的背面——那是北边，我能清楚地望见每个方向。四周既无火星人的踪影，也没有任何迹象表明它们曾在此处。巨坑就在我的脚下，但沿着碎石堆，有一条小坡道可以攀登到废墟的顶端。我的逃生机会似乎就在眼前。我的身体不由自主地颤抖起来。

在强烈求生欲的驱使下，我犹豫了片刻，随即毅然爬出那堆曾经埋葬我数日的废墟。我的心怦怦直跳，仿佛要从胸腔中跳出来。

我再次环视四周，北边也无火星人的身影。

我上一次在白天见到辛镇的这片街区时，它是一条宁静的街道，其中遍布舒适的白色和红色房屋，树木郁郁葱葱。现在，我站在一片被彻底摧毁的砖块、黏土和沙砾上，周围是无情蔓延的红色植物，高及人膝，没有其他任何地球上的植物能在这片异乡的红洲中争夺一席之地。我附近的树木已经死亡，变成了枯黄的颜色，但在更远处，那些依然挺立的树干被红色的藤蔓紧紧包裹着。

附近的房屋全部被毁，但它们并未被火焰吞噬；有些墙体仍屹立至二层高，尽管窗户和门已被粉碎。无顶的房间里，红草像野兽般肆意生长。在我脚下的巨坑里，乌鸦们在激烈争夺着火星人遗留下的残渣。一些其他的鸟类在废墟中跳来跳去。远处，我隐约看到一只消瘦的猫在墙边悄悄蜿蜒行进，此外再无人类的踪迹。

与我之前的囚禁相比，这天的光线显得格外耀眼，天空呈现出一片炽热的蔚蓝色。微风轻轻吹过，摇曳着爬满荒地的红草。啊！空气中的甜美，令人心旷神怡！

第六章　十五天内的巨变

　　我在石堆上站立了片刻，摇摇欲坠，完全忽视了自己的安全。在那个令人窒息的藏身之处，我只关心眼前的安全，哪里还想得到外面的世界变成了什么样。我没想到会看到这样的景象，感觉就像是来到了另一个星球，简直不敢相信自己的眼睛。

　　那时候，我感觉自己像是变成了什么野兽——那种被人类主宰的动物常会有的感觉，就好像一只兔子，想回到自己的窝，却发现门口站着一群忙着挖地基的工人。我突然意识到，我不再是这个世界的主宰了，只是火星人脚下的小动物之一。对于我们来说，现在只能躲躲藏藏，像野兽一样东奔西跑，人类的威严和统治已经一去不复返了。

　　但这种感觉很快就被饥饿感淹没，毕竟我已经好久没吃东西了。我往巨坑那边看去，看到一堵被红草覆盖的墙后面，还有一小块没被埋的花园。我想那儿可能有些吃的，就踩着高及膝盖甚至胸口的红草朝那边走去。红草茂密，让我感觉躲藏在里面应该会更安全。那堵墙有六英尺高，我想爬上去，却发现自己够不着。于是我就沿着墙边走，最后在墙角找到了一堆石头，终于爬上去了，翻进了我梦寐以求的花园。在花园里，我找到了一些小洋葱、剑兰球茎和没熟的胡萝卜，我将它们全都收进怀里。然后，我爬过一堵倒塌的墙，在一片猩红的树木中穿行，朝基尤方向逃去。这感觉就像是走在由血滴铺成的大道上，我的脑子里只有两个念头：找吃的，然后使劲儿逃，离这个诡异的巨坑越远越好。

我走了一段路，来到一片长得稀疏的草地上，发现了一片蘑菇。我肚子饿极了，就没多想，直接吃了下去。之后，我又蹚进一摊有褐色水流的浅水边，这里原本应该是一片草地。这点零星的食物反而唤起了我的饥饿感。最初我还纳闷，在如此炎热而干燥的夏季，为何会有如此丰富的水源，后来我才明白这就是那些红草疯长的缘故。这种植物一旦接触到水，就会变得异常巨大，繁殖力惊人。它的种子一落到韦河和泰晤士河，就会迅速生长，把河道都给堵上。

后来在帕特尼，我看到一座桥几乎被红草缠满。里士满的泰晤士河也溢出来，把汉普顿和特威克纳姆的草地都淹成了浅水区。水往哪里走，红草就跟到哪里。于是泰晤士河谷里那些被毁的别墅，就暂时消失在红色的沼泽中了。我探索的就是这些地方。火星人造成的荒芜，都被红草给遮掩了。

不过，红草最终也未能幸免，它当初疯长得多么快，现在就凋零得多么快。人们说是某种细菌导致红草大面积溃烂。地球上的植物都经过自然选择，对细菌有了一定的抵抗力，它们不会轻易就被感染击倒。但红草就像是已经死了的东西，轻轻一碰就碎。它们的枝叶变得惨白，然后萎缩、变脆，轻轻一触就断。原本滋养它们的水，现在却带着它们的残骸流向大海。

我找到这水后的第一件事自然是解渴。我喝了好多，一时冲动下还咬了几片红草叶子。叶子水分很多，可是有一种让人反胃的金属味。水不算深，我能稳稳地涉水前行，尽管红草有点碍脚。不过越往河边走，水就越深，我只好改变方向，向莫特莱克走去。靠着路上偶见的废墟、别墅残墙和路灯，我辨认出了路线，最后终于走出了水域，朝着罗汉普顿方向的山坡走去，来到了帕特尼公园。

眼前由陌生、怪异的景象转变为熟悉的废墟：一些地方像被龙卷风吹过，一片狼藉；而隔壁几十码远的地方，房子却完好无损，百叶窗整齐地拉着，大门紧闭，仿佛房主只是出去一天，或者房里的人还在睡觉。红草没那么多了，路边高高的树木上也没有红藤。我在树林里找吃的，但一无所获。我还搜查了几座静悄悄的房子，但里面早就被人洗劫一空了。我体力不支，只好在灌木丛里躺到天黑。

这整个过程中，我既没有看到人类，也没看到火星人的迹象。我遇到过两只饿得皮包骨的狗，但它们一见我就绕道而行。快到罗汉普顿时，我看到两副人类骨架——不是尸体，而是被啃得干干净净的骨架。在附近的树林里，我还发现了几只猫和兔子的碎骨头，还有一只羊的头骨。我试着啃了一些，但几乎什么也吃不出来。

日落后，我艰难地沿着公路继续前行，朝着帕特尼方向。我觉得那儿肯定遭受了热射线的攻击。在离开罗汉普顿时，我在一座花园里找到了一些没熟的土豆，勉强能充饥。从那个花园看下去，可以眺望到帕特尼和河流。黄昏时分的景象格外荒凉：焦黑的树木和废墟，山下是被红草染成微红的泛滥的河水。而最令人感到震撼的，是那笼罩一切的寂静。想到这片荒芜是在短短几天之内形成的，我心里涌起了难以形容的恐惧。

有那么一会儿，我真以为人类已经从地球上消失了，自己是最后一个幸存者。在帕特尼山顶附近，我发现了另一副骨架，手臂落在几码开外。我越往前走越确信，这一带的人类，除了像我这样的幸存者，已经被彻底清除。我猜想，火星人可能已经继续前行寻找食物去了，把这里留给了死寂和废墟。或许它们现在正攻击柏林或巴黎，也可能已经向北迁移了。

第七章　帕特尼之巅

那晚，我在帕特尼山顶上的小旅馆里过夜，这是自从我逃到莱瑟黑德以来第一次睡在铺好的床上。我从后面费劲地破窗而入，事后才发现我完全可以从未上锁的前门进入。我搜遍了每个房间寻找食物，几乎绝望之际，终于在一个看似仆人卧室的地方找到了一片被老鼠咬过的面包和两罐菠萝罐头。旅馆显然已被人搜过一遍，几乎一无所获。但我后来在酒吧里意外发现了一些遗留下的饼干和三明治。三明治已腐烂到无法入口，但饼干不仅暂时缓解了饥饿，还能让我把剩余的装满口袋。由于担心夜间可能有火星人来此搜寻食物，我没有点灯。临睡前，我感到非常不安，不停地在几扇窗户间徘徊，不停地探视外面，寻找那些怪物的迹象。那晚我几乎没怎么睡，躺在床上时，我发现自己可以连贯地思考了，这是自从我与牧师最后一次争吵以来，首次有此体验。在那之后的所有时间里，我的思维混乱，一直在闪回，或者说陷入了一种麻木的愚钝。但那晚，可能因为吃了些东西，我的思维变得更加清晰，我开始深入思考。

那晚，我满脑子只萦绕着三件事：牧师的死、火星人的踪迹，以及妻子可能的命运。对于牧师的死，我并未感到恐惧或后悔，那只是一段令人极度不适的记忆。当时的我和现在一样，仿佛被一连串偶然事件裹挟着，无可避免地走向那最后一击。我并不认为自己有错，但那记忆如同一幅静止的画面，定格在脑海里，挥之不去。在寂静的深夜里，有时甚至觉得上帝就在身旁，而我正接受审判，为那一刻的愤怒与恐惧。我逐帧回放与他的每一次对话——从他蹲伏在我身旁开始，那时他只顾指着韦布里奇废墟上升腾的烟火，毫不在意我是否口渴。我们合不来，但命运似乎并不在意这个。倘若我能预见，定会将他留在哈利福德，然而我未能预见。真正的罪，是明知故犯。我如实写下这些，如同记录这故事的其他部分，不增不减。无人目睹，我本可将它永远封存，但我选择留下记录，交由读者自行评判。

在摆脱了脑海中牧师倒地的画面之后，我开始考虑火星人的行踪和我妻子可能的遭遇。对于火星人，我完全没有头绪，只能胡乱猜测；而对于我妻子的情况，也同样充满了不确定。这让那个夜晚突然变得极为恐怖。我发现自己坐在床上，盯着黑暗发呆。我甚至开始祈祷，希望热射线能在不让她感到痛苦的情况下迅速结束她的生命。自从我从莱瑟黑德逃回来后，我就没有真心祈祷过。以前在绝望中我也曾低声祷告，但那更像是在极端情况下异教徒的咒语。而那天晚上，我真正地祈祷了，坚定而清醒地在黑暗中祈求上帝。那是一个多么奇异的夜晚！最令人震惊的是，一到黎明，我就像老鼠一样悄悄地离开了旅馆——在火星人眼里，我不过是稍微大一点的低等生物，随时可能因为它们的一时心血来潮而被猎杀。也许它们在杀戮之后，也同样自信地向上帝祈祷。如果这场战争真的教会了我们什么，那一定是怜悯——对那些在我们的统治下遭受痛苦的无知生灵的怜悯。

那天早上，天气特别好，阳光明媚。东边的天空泛着粉红色，还点缀着几朵金色的小云。我沿着从帕特尼山顶通往温布尔登的山路行进，路上还能看到周日晚上大家逃往伦敦时留下的痕迹。比如：有一辆双轮小推车，上面写着"新莫尔登，托马斯·洛布蔬果店"，一个轮子碎了，旁边还有个被扔掉的铁箱子。路边还有一顶被踩扁了的草帽，陷进了干透的泥土里。到了西山顶部，我看到倒下的水槽周围都是血迹斑斑的玻璃碎片。我走得挺慢，脑子里也没个明确的计划。我想着可以去莱瑟黑德，虽然我也知道在那儿找到我妻子的可能性很小。除非他们已经在那里遇难，不然他们肯定已经跑了。但我还是想去，或许能找到点线索，了解萨里郡的人们都逃到哪儿去了。我很想找到我妻子，想到她和这个世界的人我就难受，但具体怎么找，我真的没头绪。同时，我也感到越来越孤独。我离开旅馆，穿过一片参差不齐、灌木丛生的地方，来到了温布尔登公共草地的边缘，这里又宽又远。

那片阴暗的土地上，有些地方长着黄色的荆豆和金雀花，看上去挺亮眼的。四周看不到红草。我在空地边缘犹豫地踱步，就在这时，太阳升起来了，把整片地方都照亮了，充满了生机。我在树丛里的一块泥泞地发现了一群忙碌的小青蛙。我停下来看着它们，从它们那坚决要活下去的态度里得到了启发。不一会儿，我突然感觉好像有人在盯着我，转过头去，就看到灌木丛中似乎有什么东西蹲着。我站在那儿凝视着，向"它"迈出一步，"它"就站了起来，原来是个拿着短剑的男人。我慢慢地走向他，他就那么站着，一言不发地看着我。

走近一些，我发现他的衣服和我的一样脏得不行，全是灰尘和泥土，而他看起来就像是被在水沟拖过一样。走得更近些后，我注意到他身上有水沟里的绿色污泥，还有干掉的灰褐色泥土和亮闪闪的煤渣斑点。他的黑发遮住了眼睛，脸色显得又黑又脏，还有点凹陷，所以我开始时并没认出他来。他的下巴处有一道鲜红的伤痕。

当我距离他还有大概九米远时，他突然喊道："停下！"我就停住了。他的声音听起来很沙哑。他问："你从哪儿来的？"

我仔细打量着他。

"从莫特莱克。"我说,"我被埋在火星人圆筒飞行器周围的废墟里,后来自己逃了出来。"

他说:"这附近没有吃的。这片地方,从这座山头一直到河边,再到克拉珀姆,还有这片公共草地,都是我的地盘。这里只够一个人生存。你打算去哪儿?"我慢慢回答:"我不知道。我被埋在一个倒塌的房子里有十三四天了,不知道外面发生了什么。"

他怀疑地看着我,突然露出惊讶的表情。

我说:"我不想在这儿待着。我打算去莱瑟黑德,因为我的妻子在那儿。"

他伸出手指着我:"是你,从沃金来的那个人。你在韦布里奇没被杀死?"

这时,我也认出了他:"你是跑进我花园的那个炮兵!"

"真走运!"炮兵说,"我真幸运!竟然能再遇到你!"他伸出手,我和他握了握。他接着说:"我是从下水道爬出来的。他们并没有把所有人都杀掉。火星人走后,我就穿过田野,往沃尔顿逃了。但这才十六天,你的头发都白了。"他突然转过头去看了看,"哦,只是一只白嘴鸦。"他说,"现在知道鸟儿也会有影子了。这儿太空旷了,我们躲到那些灌木丛下面去聊吧。"

"你有没有见过火星人?"我问,好奇地看着他。

"自从我从那个废墟里爬出来后······它们已经离开了,穿过

189

了整个伦敦。"炮兵回答说，"我猜它们在伦敦建立了更大的基地。晚上，整个汉普斯特德那边的天空都被它们的灯光照亮，就像一个巨大的光明城市。在那光芒中，你甚至能看到它们的身影。不过白天就看不到了。但这边，我已经有——"他数着手指，"五天没见过它们了。然后前几天在哈默史密斯那边，我还看到了两个火星人，它们在搬一个巨大的东西。就在前天晚上——"他突然停顿了一下，语气显得更加严肃，"那天晚上只看到了一些闪烁的灯光，但肯定是有什么东西在空中飞。我觉得它们造了一台能飞的机器，正在学习飞行呢。"我们爬到了灌木丛里。我的手撑着地，跪在地上。

"飞?"我惊讶地重复了一遍。

"对，飞。"炮兵肯定地说。

我走进一片小树林，坐了下来。

"人类完蛋了。"我沉重地说，"如果它们能飞，那它们就能轻松地环游世界。"

炮兵点了点头，表示同意。

"它们会这么做的。但这至少会让这边的情况好一些。而且……"炮兵看着我，"你不觉得人类已经走投无路了吗？至少我是这么觉得的。我们已经完了，人类已经输了。"

我瞪大了眼睛看着他。这么明显的事实，我居然才意识到。我之前还抱着一丝希望，或者说，希望已经变成了我的一种习惯。炮兵又重复了一遍："我们输了。"他的话中带着坚定。

"都完了。"炮兵继续说，"它们只失去了一个——就一个。它们已经站稳了脚跟，击败了地球上最强大的力量。它们已经打败我们了。韦布里奇死的那个只是个意外。而这些只是先头部队。它们仍在持续不断地涌来。这些绿色的星星，这五六天我虽然没看到，但我肯定它们每晚都在某处坠落。没办法了。我们已经完了，我们已经输了！"

我一言不发，只是呆呆地望着前方，努力想反驳些什么，但脑子里却一片空白。

"这压根就不是什么战争。"炮兵说，"这和人对蚂蚁的战争没啥不同。"

我突然回想起那晚在天文台看到的场景。

"它们最多发射了十次，至少在那个圆筒降落之前是这样。"我补充道。

"你是怎么知道的？"炮兵问道。我把那晚的经历告诉了他。他思索了一下："可能是它们的枪坏了。但就算是真坏了，迟早也会修好的。就算拖延了一些时间，最终又能改变什么呢？就像人和蚂蚁斗争一样。蚂蚁建城市、过日子、打仗、革命，但到最后，只要人类想让它们消失，它们就得消失。我们现在也不过是蚂蚁，只是——"

"是啊。"我回应道。

191

"我们是那种随时都能被吃掉的蚂蚁。"炮兵补充说。

我们就这么坐着，互相对望。

"它们会怎么处置我们？"我问。

"我一直在想这个问题。"炮兵说，"我从韦布里奇逃出来后往南走，就一直在想。我看出来了周围的变化。大多数人都在尖叫、慌乱。我不喜欢尖叫。我也有过几次和死神擦肩而过的经历，不是那种只会摆样子的士兵。无论如何，死就是死了。只有能一直冷静思考的人才能活下来。我看到所有人都往南跑，我就想，这样下去食物肯定不够吃。我就掉头回来了，我朝着火星人走去，就像麻雀扑向人一样。"他伸手指向远方，"到处都是，他们成群结队地逃跑、互相踩踏、饿死……"

"有钱人肯定都逃到法国去了。"炮兵说。他似乎在犹豫是否该道歉，然后看着我继续说："这附近有很多食物。店里有罐头，还有烈酒、矿泉水。但自来水停了，水管里一点水也没有。当然，这些是我的想法。这些火星人很聪明，看来它们想拿我们当食物。首先，它们会把我们的东西都砸了——船、机器、枪、城市、所有的秩序和组织，这些都会被毁掉。如果我们像蚂蚁那么小，也许还能有活路。但我们不是。东西太多，根本挡不住。这就是第一步。你说呢？"

我点了点头，表示同意。

"确实如此，我也是这么想的。火星人只要走几英里，就能把一大群人吓得四处逃窜。我有一天在旺兹沃思外头，还看到一个火星人在拆房子，在废墟里翻找着。但它们不会一直这么做的。等它们摧毁了所有的枪炮、船只、铁路，完成了它们在那边所计划的一切之后，它们就会有计划地捕捉我们，挑选出最强壮的，然后关进笼子里。天啊！它们甚至还没开始对付我们呢。你明白这意味着什么吗？"

"还未开始！"我不禁惊呼。

"的确还未开始。至今所经历的种种灾难，不过是因为我们缺乏冷静之智，愚蠢地用枪炮这些玩意儿惹恼了它们。我们失去了冷静，像失了魂似的冲向那些同样危机四伏的地方。而它们其实暂时并未将我们放在眼里。它们忙于自己的大业——在地球上制造那些无法从火星携带而来的器物，为更多的同胞降临地球做准备。很可能是担心误伤已抵达的火星同胞，飞船才暂停了降临。我们本不该在这片土地上盲目奔波、惊慌失措，或是妄图用炸药去炸开出路，而应根据这新的局面来调整自己。这是我的推断。也许，这并不符合一个人对人类未来的理想，但它却是当前现实的真实写照。这就是我所依循的原则。城市、国家、文明、进步——这一切都已成为过往。游戏终结了。我们败了。"

"那我们活着是为了什么呢？"我疑惑地问。

炮兵盯着我，沉思了片刻，缓缓地说："那些让人陶醉的音乐会？别想了，至少一百万年内不会再有了。皇家艺术学院、餐厅里的美食——统统成为过去。如果你还在追求娱乐，那我得告诉你，那时代已经结束了。那些客厅礼仪，不愿意用刀子吃豌豆，注重发音之类的，都得抛弃。这些东西已经没用了。"

"你是说——"我追问。

炮兵坚定地回答："我是说，像我这样的人，会为了种族的延续而继续活下去。我发誓，我要坚强地活下去。你也是，我敢肯定，你很快也会显露你的本色。我们不会被消灭。我绝不会任由自己被它们捕捉、驯服、喂养，变成像牛那样的动物。想想那些棕色的家伙们！"

"你不是真的这样认为吧？"我吃惊地问。

"没错，我就是这么认为的。我会继续活下去，就在它们的脚下。我有我的计划，我已经想得很清楚了。是的，我们人类输了，我们需要更多知识才能反击。我们得活下去，保持独立，同时学习。这就是我们必须做的。"

我被他的决心深深打动，目不转睛地看着他。

"我的天！"我感慨地说，"你才是真爷们！"我紧紧握住他的手。

他眼中闪着光芒，说："是的，我想得很清楚，对吧？"

"继续说。"我鼓励他。

"想要避免被抓，就得提前做好准备。我现在就在做准备。

但你得明白，并不是所有人都生来就该当野兽，但现实逼得人就得这么做。我之前盯着你，就是因为有点不放心。你看起来太瘦弱了。我没认出来是你，只听见你说自己如何被埋。那些住在这儿的人，还有那些小店的店员们，都没戏——他们根本就没啥志气，没有远大的梦想，也没有强烈的欲望，只有胆小和防备而已。他们平时就是匆匆忙忙上班，我见多了——手里抓着早餐，疯了似的赶火车，生怕迟到被炒了鱿鱼。上班就是机械地工作，不费心思。下班了就赶紧往家跑，怕吃不上晚餐。晚上呢，就待在家里，怕外头不安全。晚上跟老婆睡觉，也不是因为爱她，而是因为她有点钱，能在这短暂的人生里给他带来点安全感。买保险，投资，就是怕出意外。星期天去做礼拜呢，是因为怕死后下地狱。好像地狱是专门为那些胆小鬼准备的！这下好了，火星人对他们来说可是天大的恩惠。像大房间一样的笼子，丰盛的食物，精心繁育，啥也不用操心。逃跑的，饿上个把星期，他们就会乖乖回来，高高兴兴地让人抓住。没过多久，他们就会觉得挺好的。甚至开始怀疑，没火星人照顾之前，人们是怎么活下去的。那些酒吧里的闲汉，调情的小伙子，唱歌的，我都能想象得出来。"他说着，脸上露出一种忧郁的满足感，"他们肯定会对感情和信仰感到迷茫。这些天我目睹了许多事情，直到现在才算真正理解。有的人就接受了自己肥胖愚蠢的样子；有的人觉得这一切都不对，应该做点什么。很多人都觉得应该做点什么的时候，那些软弱的和那些因想得太复杂而变得软弱的人，就会找个什么都不做的宗教来安慰自己，摆出一副虔诚、高人一等的样子，听天由命，任由上帝摆布。你可能也见过这种情况。那其实就是一种被恐惧颠倒了的能量。这些笼子里将会充满赞美诗和虔诚。而那些复杂点的人，会搞出点——怎么说来着——情欲的东西。"

他停了一下。

"火星人或许会把人养成宠物，教他们做花样——谁知道呢？可能还会对养大的小男孩产生感情，结果到头来还得亲手杀了他。更狠的是，它们可能会训练某些人去追杀咱们。"

"不，不会的！"我忍不住叫了起来，"这绝不可能！哪有人能——"

"你自欺欺人有意思吗？"炮兵冷笑道，"有些人做这种事可乐呵了。别假装这不可能。"

听他这么一说，我只能承认他的观点有道理。

他接着说："如果他们来追我，天呐，要是他们真来追我！"他的声音渐渐低沉，沉浸在沉重的思考中。

我坐着沉思，他的话让我陷入了深深的思考。我试图找到理由去反驳他，但却一无所获。想想火星人入侵前的日子，那时候没人会怀疑我比他更聪明——毕竟我是个有头有脸的哲学作家，而他只不过是个普通的士兵。但他所描述的那种情况，我之前竟然从未想过。

"你现在打算做什么？"我开口问道，"你有什么计划吗？"

他犹豫了一下。

"好吧，事情是这样的。"他开始说，"我们得做什么？我们得创造一种生活方式，让人们能生活下去，繁衍后代，还得确保能安全抚养孩子。稍等，让我思考如何表达得更明确。那些被驯化的人，他们如同所有被驯化的动物一般，几代之后会变得肥胖、精力充沛、愚钝——简直沦为废物！而我们这些选择自由生活的，或许会变得粗野——退化成一种大型的野蛮老鼠……你看，我打算住在下水道。当然，那些不了解下水道的人可能会觉得恶心，但伦敦地下有成百上千英里的下水道，下几天雨，伦敦空了，下水道就会变得干净舒适。主要是下水道又大又通风，适合任何人住。还有地下室、地窖、仓库，我们可以从这些地方挖通道连到下水道。火车隧道、地铁也是个选择。懂了吗？我们可以组成一个团队——身体健康、思维清晰的人。我们不会收留那些随波逐流的废物，弱者只能走人。"

"就是你前面说的，我这样的弱者？"我问。

"我之前只是有点怀疑而已。"炮兵回答。

"行了，我们就不在这个问题上纠结了。"他继续说，"那些留下来的人必须遵守规则。我们也需要身体健康、头脑清晰的女性，她们可以成为母亲和教师。但绝不要那些懒散、满脸矫揉造作的女人。我们不能接受任何软弱或愚蠢的人。生活又回到了现实，那些没用的、累赘的、捣乱的人必须死。他们应该死。他们应该愿意去死。毕竟，活着却让种族蒙羞本身就是一种不忠。而且，他们活着也不会幸福。再说，死其实并不可怕，害怕死亡才真的可怕。在所有这些地方，我们将聚集起来。我们的地盘将是伦敦。甚至我们或许可以设立岗哨，等火星人不在的时候在户外跑来跑去，或许还能打打板球。这就是我们拯救人类的办法。怎么样？这有可能实现吧？但仅仅拯救人类还不够。我说过，那只不过是变成了老鼠。真正重要的是保存我们的知识并使之增长。这时候你们这样的人就要派上用场了。有书籍，有模型。我们必须在地下深处建造安全的避难所，并尽可能多地收集书籍，不是小说和诗歌之类的东西，而是有想法的、科学类的书籍。在这方面，你们这样的人很重要。我们必须去大英博物馆，挑选所有这些书籍。特别是我们必须持续学习科学知识，不断追求新的知识。我们必须监视这些火星人，我们中的一些人必须去做间谍。如果一切都准备就绪，或许我已经被抓了。最重要的是，我们不能阻挠火星人，我们甚至不能偷东西。如果我们挡了它们的路，我们就得让开。我们必须向它们展示我们不会伤害它们。是的，我知道。但它们很聪明，如果它们得到了它们想要的东西，并且认为我们只是无害的小虫子，那它们是不会追杀我们的。"

炮兵停了下来，把他那双褐色的手放在我的手臂上。

"嘿，想象一下。我们可能根本不需要学太多新的鬼把戏——就想象这样一个场景：四五台战斗机忽然发动，热射线四射，但驾驶它们的不是火星人，而是我们，懂得如何操作的地球人！这可能还会发生在我有生之年！想想看，如果我们能操控那样一台炫目的机器，随心所欲地放射热射线！想想那操控它的感觉！如果我们能打一场这么疯狂的战斗，即使最终我们全军覆没，又算得了什么？我敢打赌，火星人会惊呆地瞪大它们那双漂亮的眼睛！你能想象到吗？能看到它们惊慌失措、上气不接下气地到处乱窜，对着其他的机器狂呼乱叫，结果机器们一个接一个地崩溃。嗖嗖的射击声，轰轰的爆炸声，咔嚓的炮火声！当它们还在手忙脚乱时，咱们的热射线就嗖的一下扫过去。然后，看着吧，人类又回到了战场中央！"

炮手那大胆的想象力和肯定的口吻，一下子就占据了我的思想。我完全相信了他对人类未来的预测，还有他那看似疯狂却又可能行得通的计划。如果你觉得我太容易被说服，太傻了，那你得想想：你现在可能在安静地阅读，全神贯注于这个话题，而我当时可是躲在灌木丛里，心惊胆战，注意力不时被周围的环境分散。我们就这样聊到了清晨，然后小心翼翼地从灌木丛里爬出来，在确定四周没有火星人之后，急匆匆地去了他在普特尼山的藏身地。那地方是个煤炭仓库。他花了整整一周时间挖出了一条大约九米长的隧道，本来是想通往普特尼山下的主排水管的。我猛地意识到他的梦想和实际能力之间有着巨大差距。我自己要是挖，一天就够了。但我还是足够信任他，和他一起挖了整个上午。我们用园艺手推车把挖出的土堆在厨房炉子旁边。休息的时候，我们吃了隔壁储藏室里的仿造海龟汤（一种用牛肉等替代海龟肉制作的汤）和葡萄酒。这种简单的劳作让我暂时忘记了外面那个陌生而又怪异的世界。我边挖边在脑海里反复琢磨他的计划，心里不断冒出疑问和反对的想法。但我还是坚持到了中午，因为我很高兴自己又找到了目标。挖了一个小时后，我开始琢磨我们还得挖多远才能到主排水道，也担心我们是否会挖错方向。但最令我头疼的是，为什么我们要费这么大劲挖这么长的隧道，而不是直接从一个检修井进入下水道，然后再往房子的方向挖。而且，我觉得这房子选的地方也不怎么样，需要挖这么长的隧道。正当我深入思考这些问题时，炮手突然停下了手里的活儿，抬头看着我。

"我们挖得挺顺利的。"他一边说，一边放下铁锹，"休息一会儿吧。我们可以趁这个机会去屋顶上侦察一下。"

我主张继续工作，他在犹豫了一下后，又重新拿起铁锹。突然，我脑海中闪过一个念头。我停了下来，他也立刻停止了动作。

"你当时为啥是在草地那边呢？"我问，"不是应该在这儿的吗？"

"出去呼吸下新鲜空气。"他回答，"我遇到你的时候正打算回来。晚上出去更安全。"

"那这个挖掘工作怎么办？"

"不能老是干活呀。"他说道。我突然看穿了他的本质。他拿着铁锹犹豫了一下。"现在我们必须去侦察。如果附近有火星人，它们可能会听到我们挖掘的声音，悄悄接近我们。"

我不再有异议。我们一起上了屋顶，站在屋顶门外的梯子上偷偷往外看。没有看到火星人，于是我们便冒险走到瓦片上，然后悄悄地藏到了护墙后面。

在我们脚下，普特尼山的大部分被一片茂密的灌木丛所遮蔽，但透过枝叶，我们仍能隐约瞥见下方蜿蜒的河流，它泛着红色的波光，那是河面上遍布的红草。兰贝斯的低洼地带被红色的水淹没，红色的蔓藤仿佛在攀爬这古老宫殿周围的每一棵树，枯萎的枝叶从藤蔓的缠绕中挣扎着伸展出来，构成了一幅凄凉的景象。红草和红藤的生长完全依赖于流水，而在我们所在的位置，这样的景象却从未出现过。在我们周围，月桂树和绣球花之间，金链花、粉红的山楂花、雪球花和侧柏树在阳光的照耀下显得生机勃勃，绿意盎然。远处的肯辛顿，浓烟腾起，蓝色的雾气环绕着北方的山丘。

炮兵开始向我讲述那些仍留在伦敦的人们的故事。

"就在上周某个晚上，有几个傻瓜把电灯给修好了。结果呢，摄政街和皮卡迪利圆环亮得跟白昼似的。满街都是涂着厚妆、衣衫破烂的醉汉和醉妇，到处是唱歌跳舞的，一直闹腾到天亮。有个那时候在场的家伙告诉我的。等到天一亮，他们才发现，朗廷酒店附近竟然有一台战斗机器盯着他们。天知道它在那儿盯了多久了。肯定把一大帮人吓得半死。那东西沿着马路过来，抓了差不多一百个要么醉得动不了，要么吓得跑不了的人。"

这种荒唐的场景，历史书上恐怕都写不出来吧。

然后，他回到了我们之前的话题，再次聊起他那些伟大的计划。他越说越兴奋。他那么生动地描述捕获战斗机器的方法，我几乎又相信他了。但我对他已经有所了解，知道他肯定会强调不能急躁行事。他的意思明显是，到时候亲自去抓那台大机器的，就是他自己。

不久之后，我们返回了煤窖。没有人愿意继续挖掘，他提议吃点东西，我立即同意了。用餐完毕，他出乎意料地慷慨，带来了几支上等的雪茄。点燃雪茄后，他的乐观情绪似乎也跟着被点燃。他似乎非常看重我的参与。

"地下室还有些香槟呢。"他提出来。

"我们喝点泰晤士河畔的勃艮第红酒，就有力气继续挖了。"我回应。

"不行。"他坚持，"今天我请客。来点香槟吧！天啊！咱们面前的活儿可不轻松。趁现在还能歇会儿，就得好好休息休息，恢复恢复精神。看看，我手上都起泡了！"

既然定下来要放松一下，吃过饭他就坚持要打牌。他教我怎么玩尤克牌，我们把伦敦分成两半，我管北边，他管南边，打牌就用教区做赌注。这听起来可能既怪异又愚蠢，但事实上是真的，而且更妙的是，我发现我们玩的这种纸牌游戏，还有我们玩的其他几种，都特别有意思。

人类的心态真奇妙，面临着种族灭绝或者可怕的奴役，前方只有可怕的死亡。我们居然还能坐在这儿，拿着画着花纹的纸牌玩得不亦乐乎。后来他还教我玩扑克，我还赢了他三局棋。到了天黑，我们决定冒险点灯。

一连串的游戏玩完后，我们又吃了点东西，炮兵喝光了香槟。我们继续抽着雪茄。他不再是我早晨遇到的那个充满激情，立志复兴人类的人了。他还是乐观，但更多的是一种深思熟虑的乐观。我记得他最后祝我健康，断断续续讲了一番话。我拿了根雪茄，上楼去看看他提到的高门山那边的绿色灯光。

刚开始，我只是漫无目地凝视着伦敦的山谷。北方的群山沉浸在一片幽暗之中，而肯辛顿方向的火光闪烁着暗红色的光芒，偶尔有橘红色的火舌跳跃而出，随后又悄无声息地融入深邃的蓝夜之中。伦敦的其他部分则被一片深不见底的黑暗所吞没。接着，我眼前映现出一道微妙的光线，那是淡淡的紫红色荧光，在夜风中轻轻摇曳。我一时还没反应过来，随后才恍然大悟，这细微的荧光肯定是红草散发出的。这一认识让我久违的好奇心和对世界的感知力再次觉醒。我的目光从那神秘的荧光转移到西边的火星，它如同燃烧的红宝石般明亮清晰。之后，我又将视线投向汉普斯特德和高门山的深沉黑暗，目光中充满了探索和渴望，似乎要从这无尽的黑暗中寻找答案。

长时间以来，我独自坐在屋顶上，沉浸在这一天的荒谬转变中。我的思绪从午夜的祷告漂泊到那场无聊的纸牌游戏，我的内心也随之起伏不定。一种强烈的厌恶感涌上心头。几乎是带着一种象征性的抗议，我随手将雪茄扔了。我的愚蠢在脑海中被无限放大，我感觉自己背叛了妻子，所做之事也违背了人性，内心充满了深深的悔恨。我下定决心，要抛下这个满脑子宏伟梦想却缺乏自控力的人，独自前往伦敦。我相信，只有在那里，我才能真正洞悉火星人和我的同胞们正在做的事情。当深夜的月亮慢慢升起时，我仍静静地坐在屋顶上，任思绪在宁静的夜空下飘荡。

第八章　末日伦敦

离开炮兵后，我下了山，沿着高街穿过大桥，来到了富勒姆。那时红草肆意泛滥，几乎把桥面的道路都堵得水泄不通。但是，它的叶片上已经出现了斑斑的发白痕迹，这是疾病正在蔓延的征兆，不久后它将被消灭。

在通往帕特尼桥站的小巷拐角处，我发现了一个躺着的男人。他浑身覆盖着黑尘，如同一个扫烟囱的工人，虽然还活着，但已经醉得语无伦次。我想从他那里得到一些信息，但只换来了咒骂和愤怒的攻击。如果不是因为他那野蛮的表情，我可能还会留下来帮助他。

从桥上开始一直到富勒姆，路面上布满了黑尘，越往富勒姆走，尘土越厚。街道上死一般的寂静。我在一家面包店里找到了食物，尽管面包已经变得又酸又硬，还长了霉，但还勉强可以吃。走到沃勒姆格林附近，街道上的火药味逐渐消散了。我经过了一排正在燃烧的白色房屋，那熊熊燃烧的声音反而让我感到一丝宽慰。继续向布朗普顿方向走去，街道再次变得安静。

踏入布朗普顿，我再次目睹了那黑尘和满地的遗骸。富勒姆路上有十几具尸体，他们已经静卧多日，我只能加快脚步匆匆走过。黑尘覆盖了他们的躯体，使得这幅景象不至于太过触目惊心。有些尸体甚至被野狗翻动过。

在没有黑尘的地方，感觉就像周日的城市一样安静：商店关门，房子锁着，窗帘拉着，静悄悄的，没人影。有的地方被人洗劫过，不过大都是食品店和酒铺。有家珠宝店的橱窗被砸了，金表和项链什么的都散落在地上，看来小偷没来得及拿走。我连碰都没碰，就走了。再往前走，看见个穿破烂衣服的女人歪倒在门口的台阶上，她的手上有个大口子，血从她那条锈褐色的裙子上流下来，旁边是个破香槟瓶，酒水洒了一地。她看着像是睡着了，但其实已经死了。

深入伦敦的腹地，周遭的寂静愈发深邃，但这并非死寂，而是一种充满着悬疑与期待的静谧。西北部已成焦土，伊灵和基尔伯恩不复存在，同样的灾难随时可能笼罩这些房屋，将它们化为烟与灰。这个城市仿佛被判了死刑，留下的只是荒废与寂寞。

走到南肯辛顿，街道上干净得出奇，既无尸体，也无黑尘。正当我接近这片区域时，一种几乎感觉不到的嚎叫声隐隐传来。

它就像夜风中的低语，是一种忧伤的呼唤，"呜啦，呜啦，呜啦，呜啦"，似乎永无止境。每当我穿过北边的街道，这声音就如潮水般涌来，随后又被一排排房屋消弭。声音沿着展览路如潮水般汹涌。我驻足，向肯辛顿花园望去，内心被这遥远而怪异的悲鸣所震撼。仿佛是这座密集的房屋群找到了宣泄其恐惧和孤独的方式。

"呜啦，呜啦，呜啦，呜啦"，那个非人的呼唤声在阳光洒满的大道上回荡，宛如波浪穿过两侧高耸建筑的缝隙。我带着一种惊异的感觉，向北走去，朝着海德公园的铁门前进。我的脑中曾闪过一个念头：闯入自然历史博物馆，爬到高塔上，以俯瞰公园全貌，但最终我决定留在地面，因为在地面上可以迅速躲藏起来，于是我沿着展览路继续前行。这条路上的大宅子静悄悄的，我的脚步声在空荡的街道上回响。当我接近公园大门时，一幕奇异的场景呈现在眼前：一辆公交车翻倒在地，旁边是一匹被啃食得只剩骨架的马。我在那里停顿了片刻，心中充满了困惑，然后继续朝着九曲湖的桥走去。那令人心碎的呜咽声变得越来越强烈，尽管我在北侧公园的屋顶上方除了西北角的一片烟雾外什么也看不见。

突然，"呜啦，呜啦，呜啦，呜啦"的声音响彻耳际，好像是从摄政公园那边传来的。这让我整个人都蒙了。支撑我的意志消失了，头脑里全是这凄惨的哭声。我发现自己累得要命，脚疼得不行，再加上又饿又渴。

都已经过了中午了，我怎么还独自一人在这个鬼城里晃悠？整个伦敦都尸横遍野，就我独自一人在这黑色的丧葬城市里。孤单令人难以承受。我开始想起多年没联系的老朋友们，脑袋里浮现出药店里的毒药、酒商储藏的美酒。还记得那两个醉醺醺的绝望的家伙，据我所知，这城市里只剩下了我们三个人……

我穿过大理石拱门进了牛津街，这儿又是一片黑尘和几具尸体，还有一股从一些房子地下室的格栅门里飘出的臭味。整个步行过程中热得要命，喉咙都冒烟了。费了好大劲，我终于闯进了一家酒吧，弄到了些吃的喝的。吃完以后，觉得累得要死，于是进了吧台后面的小客厅，找到了一张黑色的马毛沙发，就在那儿躺下睡了一觉。

我醒来时耳边仍然回荡着那凄厉的"呜啦，呜啦，呜啦，呜啦"的声音。此刻已是黄昏，我又在酒吧里找到几块饼干和一片奶酪，肉柜里只剩蛆虫。然后，我穿过安静的住宅区和广场——其中应该有波特曼广场——来到贝克街。从日落的余晖中，远处的树林间，我看到了那个发出"呜啦"声的火星巨人的头罩。但我并没有感到恐惧，仿佛这一切都理所当然。我观察了一段时间，但它一动不动，似乎只是站在那里大喊，我搞不清楚它为何如此大声呼喊。

我试图构思一个行动方案，但那不断重复的"呜啦，呜啦，呜啦，呜啦"声音让我的头脑混乱。或许我太疲惫了，以至于并不十分害怕。实际上，比起害怕，我更想知道火星人为何不断呜咽。我转身离开了公园，沿着公园路走，打算绕开公园，在排屋的掩护下，从圣约翰伍德那个方向观察这个停留不动、大声哀鸣的火星人。离开贝克街不远的地方，我听到了一阵狗的狂吠声，首先是一只嘴里叼着一块腐烂红肉的狗朝我疾驰而来，然后是一群饥饿的狗在追赶着它。那只狗远远地绕开我，似乎害怕我会成为新的竞争者。当那些狗的吠叫声在寂静的街道上渐行渐远时，"呜啦，呜啦，呜啦，呜啦"的哀鸣声再次回荡起来。

　　在我踏上通往圣约翰伍德站的道路时，偶遇了一台破损的操控机器。初见时，我误以为是一栋房屋倒塌阻断了道路。但当我攀越废墟时，我震惊地发现这台机械巨人——它的触手弯曲、断裂、扭曲，躺在自己制造的废墟之中。它的前部被撞得粉碎。似乎它盲目地径直撞向一幢房屋，最终被自身的崩塌所吞没。那时，我猜想这或许是一台从火星人的控制中逃脱的操控机器。我无法深入废墟更仔细地观察，而天色已晚，机器座椅上的鲜血和狗咬剩下的火星人软骨肉在昏暗中已难以辨认。

　　怀着对所见的一切更深的好奇，我继续朝樱草山前行。远处，透过树木的缝隙，我看到了第二个火星人，像第一个一样静止不动，悄无声息地站在通往动物园的公园中。在那摧毁的操控机器废墟之外，我再次遇到了红色植物，还发现了摄政运河，那里有一片暗红色的海绵状植被。

当我穿越桥梁时，"呜啦，呜啦，呜啦，呜啦"的声音突然停止了。它就像被生生切断一般。这突如其来的寂静，仿佛一声"惊雷"。

在这昏黄的夜色中，周遭的房屋若隐若现，高大而朦胧，公园方向的树木已沉入暗影。四周，红色的植被在废墟间蔓延，似乎在昏暗中想努力超越我。夜晚这个充满恐惧和神秘的缔造者，正逐渐将我包裹。但当那声音响起时，这份孤独与荒凉还算可以承受。因为它的存在，伦敦似乎还留有生机，周围的生命迹象也支持着我。然而，突然之间有所改变，某种东西消失了——我无法确切知晓那是什么——紧接着一阵寂静袭来。四下无声，只剩下这阴森的寂静。

伦敦仿佛一幅幽灵般的画作在凝视着我，那些白色房屋的窗户就像是骷髅的眼眶。在我周围，我想象中有无数无形的敌人正悄无声息地移动。我被恐惧紧紧抓住，对自己的冒失行为感到诧异。前方的道路黑得如同涂上了一层沥青，我看见一团扭曲的身影横卧于小径之上。我无法鼓起勇气继续前行。于是我转向圣约翰伍德路，向基尔伯恩方向匆忙逃离，试图摆脱这无法忍受的寂静。我一直躲在哈罗路的一个出租车司机避难所里直到深夜过后，远离夜晚和沉默。但黎明前，我的勇气又回来了。在星星还未完全褪去时，我再次朝摄政公园前进。我在街道中迷失了方向，最终在凌晨的微光中，远远看到樱草山的轮廓。山顶上，直挺挺地站着第三个火星人，像之前的一样，一动不动地耸立在微弱的星光中。

我做了一个疯狂的决定。我可能是去送死。这样也好，甚至免了自杀的麻烦。我不顾一切地朝那个巨人跑去。当我靠近时，在愈发明亮的晨光里，我看见许多黑鸟绕着火星人的罩子盘旋。我的心一紧，继续往前跑。

我匆忙穿过被红草覆盖的圣艾德蒙排屋区（我蹚过从阿尔伯特路方向水厂涌来的齐胸深的洪流），最终在太阳升起之前来到了一片草地前。山顶周围堆满了巨大的土堆，形成了一个庞大的防御工事——这是火星人建造的最后一个，也是最大的阵地。从这些土堆后面升起了淡淡的烟雾，向天空飘去。在天际线处，一只急匆匆的狗跑过并消失了。我脑海中一闪而过的想法变得真实而可信。我感受不到恐惧，只有狂野的、颤抖的兴奋，我沿着山坡向那静止不动的怪物跑去。从头罩中垂下来的褐色破布被饥饿的鸟群啄食和撕扯。

很快，我就攀上了那座由泥土构筑的堡垒，站在其顶峰，堡垒的内部景象尽收眼底。那是一个巨大的空间，里面到处都是巨型机械，堆积如山的材料和一些奇特的掩蔽所。散落在这一切中间的，有些在倾覆的战斗机器中，有些在已经僵硬的操控机器中，还有十几具排成一行的，是火星人的尸体——尸体已僵硬、一动也不动！它们被那些引起尸体腐烂的细菌所杀，这些生物是它们的生理系统无法预见和抵御的；就像红草被消灭一样，当人类的一切努力都宣告失败时，上帝凭借其智慧在地球上创造了微小的生物——正是这些微生物征服了它们。

事实上，如果不是恐惧和灾难蒙蔽了我们的思维，我和许多人早该预见到这一点。这些致病细菌自古以来一直都是人类的敌人——自地球上生命诞生以来，就已经开始残害我们的远古祖先。但通过我们这一类生物的自然选择，我们已经有了抵抗力；面对细菌，我们不会轻易屈服，在很多情况下——比如那些在死物中引起腐烂的细菌——我们的生命体可以完全免疫。但火星上没有细菌，当这些侵略者来到地球，一旦它们开始饮用和进食，我们的微观盟友就开始了它们的颠覆工作。当我观察它们时，它们正不可挽回地走向灭亡。它们长驱直入之时，腐烂和死亡也在向它们走去。这是不可避免的。在漫长的进化过程中，人类为了获得地球的生存权付出了近十亿生命的代价，这成为我们面对所有来犯者的底气。即使火星人强大十倍，也不会改变这一点。因为人类的生存和牺牲绝非徒劳。

到处都是火星人的尸体，大概有五十个，都躺在它们挖掘的巨大深坑里。对它们来说，这种死法肯定难以理解，就像所有死亡一样令人困惑。我当时也不明白这是怎么回事。我只知道，这些曾经让人类恐惧的活物现在全都死了。我甚至一度以为，辛那赫里布的毁灭再次发生了，上帝改变了主意，死亡天使在夜里带走了它们的生命。

我站在那里，眼睛盯着巨坑。随着太阳升起，我的心情也随之欢快起来，就像周围的世界被阳光点燃一样。坑里还是一片昏暗，那些强大而复杂的机器，它们扭曲的形状在暗影中若隐若现，朝着光明慢慢升起。我听到下面有很多狗在抢食深坑里的尸体。在坑的另一边，那个巨大而古怪的飞行器静静地躺着，火星人在死亡到来之前还在用它做实验。死亡来得恰到好处。当我听到头顶乌鸦的啼鸣，便望向那个再无战斗之力的巨型战斗机器，凝视着从樱草山顶翻倒的座椅上掉落的红色肉片。

我转过身，看向山下，那儿有两个我昨晚见过的火星人，现在被一群鸟围绕着。它们在我发现的时候就已经死了。那个一直在向同伴呼救的家伙，可能是最后一个死去的，它的叫声一直持续到机器力量耗尽。现在它们看起来似乎没什么威胁，就像一些在升起的阳光下闪闪发光的金属三脚架。

伦敦，这座伟大的城市之母，宛如奇迹般环绕着这个巨大的坑洞，幸存于这场似乎无休无止的大灾难。那些仅在烟雾中瞥见过伦敦的人，几乎无法想象，在这片寂静而荒芜的房屋中，这座城市展现出了如此清晰和美丽的一面。向东望去，太阳在晴朗的天空中炽烈地燃烧，光芒四射，照亮了阿尔伯特排屋的焦黑废墟和教堂的断裂尖塔。在这片荒凉的屋顶中，偶尔有几个角落反射着阳光，发出耀眼的白光。

站在那儿，我向北望去，看到基尔伯恩和汉普斯特德，那里挤满了房子，呈现一片淡蓝色。西边的城市中心还显得有点暗淡。南边则不同，超过了那些火星人的位置，摄政公园的绿色、朗廷酒店、阿尔伯特音乐厅的圆顶、帝国理工和布朗普顿路上的大房子在日出时都清晰可见，就像小玩具房子一样。远处的威斯敏斯特废墟隐约可见。再远一点的萨里山脉呈现出淡蓝色，水晶宫的塔楼远远闪着银色的光。圣保罗大教堂的圆顶在日出中显得十分暗淡，我这才注意到它西边有个大洞。

我看着这些密密麻麻的房子、工厂和教堂，现在都空荡荡的，想到了为了建这些东西，人们付出的无数努力和牺牲。但一切都被突如其来的灾难给摧毁了。想到阴影已经消失，人们可能又会回到街上，这座我爱的大城市又会恢复活力，一阵强烈的情绪涌来，我几乎要哭出来。

那些痛苦的日子终于结束了。就在那一天，复原和重建就要开始了。那些散落在全国各地的幸存者，还有那些逃到海上的成千上万的人，都会回到这座城市。生活的脉搏将在空无一人的街道上重新跳动，响彻曾经空荡的广场。所有的破坏都将停止。那些破败的废墟，那些被烧黑的房屋，它们曾经黯淡无光地对着阳光的草坡，很快就会回荡着修复者的锤声和抹灰工的敲击声。这样想着，我伸出双手向天空，开始感谢上帝。我心想，再过一年，一年后……

就在那一刻，我突然有种强烈的预感——我自己、我的妻子以及那段充满希望和温情相助的过往时光，将永远离我而去。

第九章　残骸余影

接下来的故事是最不可思议的，尽管也没多奇怪。我还清楚地记得那一天我做的一切，直到我站在樱草山顶上，泪流满面地感谢上帝。但在那之后，我的记忆就模糊了。

在接下来的三天里，我的记忆仿佛被巨大的黑暗吞噬。直到后来，我才得知自己并非第一个目睹火星人灭亡的幸存者。在我蜷缩在车夫棚里的那个夜晚，已经有其他流浪者在伦敦的街头发现了这一惊人事实。其中一位是最早的发现者，曾匆匆奔向圣马丁勒格兰德，并成功将这一振奋人心的消息通过电报传达到了巴黎。如同晨曦驱散黑暗，这个消息迅速传遍了全球，无数本已沉浸在恐惧阴霾中的城市，瞬间被希望的灯火点亮，陷入了狂热的欢庆之中。在那个我站在巨坑边缘的时刻，消息已经传遍了都柏林、爱丁堡、曼彻斯特和伯明翰。人们放声欢呼，泪水和笑容交织，他们丢下手中的工作，互相握手庆祝。甚至在离伦敦不远的克鲁，列车已开动，满载着欢欣鼓舞的人们奔向伦敦。两周来沉默的教堂钟声再次响起，整个英格兰被这喜悦的钟声包围。在乡村小道上，瘦削、蓬头垢面的人们骑着自行车疾驰，他们的呼喊声在空气中回荡，向那些失望已久、目光呆滞的人们宣告着这个意想不到的消息。而关于食物——从英吉利海峡、爱尔兰海、大西洋的对岸，大批的玉米、面包和肉类正急速运往我们这里，仿佛全世界的船只都在向伦敦进发。但对于这一切，我却如同在梦境中，没有任何记忆。我在迷失中漂泊，像个失去理智的人。最终，我在圣约翰伍德的街头被善良的一家人发现，那时的我正在流泪、呓语，不知所措。他们后来告诉我，自从他们发现我起，我便一直在唱着那首荒诞不经的小调："最后一个活着的人！哈！最后一个活着的人！"尽管这家人自己也有许多烦恼，但他们还是慷慨地收留了我，给了我一个庇护之所，让我免于自我伤害。显然，在我失去记忆的日子里，我向他们讲述了我的一些故事。

当我逐渐恢复了平静的心智，他们便小心翼翼地向我揭露了莱瑟黑德的命运。正是在我被困后的第二天，一个火星人将莱瑟黑德连同所有居民一起摧毁了。整个小镇就这样被一手抹去，仿佛一个孩童在无端的恣意嬉戏中捏碎了一个蚂蚁窝。

在我孤独而又忧郁的时候，他们对我展现了极大的慈悲和耐心。康复之后，我在他们家中又待了四天。在那段时间里，我心中萌生了一个模糊且日益强烈的渴望：想要再次窥探我过去那段看似快乐而明亮的生活所剩无几的痕迹。这是希望破裂后的绝望，企图在自己的苦难中寻找慰藉。他们劝我放弃这种想法，努力引导我摆脱这种病态的情绪。但最终，我无法再抗拒这股冲动，含泪向这些只认识了四天的朋友告别，并诚挚地承诺会回来看望他们。然后，我再次走进了那些几天前还显得如此阴暗、陌生和空荡的街道。

此时，街道已经恢复了一些生气。返回伦敦的人们忙碌着，一些地方甚至已经有重新开张的商店。我看到一个饮水池正在流水，似乎宣告着生活正在逐渐回归正轨。

那天的阳光明亮得几乎有些嘲弄。我带着忧郁的心情，踏上了回沃金小屋的路。街上人来人往，大家都忙忙碌碌的，让人难以相信，之前竟有那么多人死在火星人手里。我看到路上的人们皮肤发黄，男人们头发乱糟糟的，眼睛大而明亮，似乎经历了很多故事。他们大多数还穿着破旧的衣服。他们脸上的表情，不是胜利的欢欣，就是坚定的严肃。除了这些，伦敦就像被流浪者占领了一样。

走到威灵顿街，我才看到火星人破坏的痕迹。那红色的杂草爬满了滑铁卢桥的桥墩，景象颇为壮观。

在桥的拐角处，有个挺有意思的画面：一张纸贴在红草丛中，上面是《每日邮报》的头条。我用口袋里的一枚黑乎乎的硬币买了一份。报纸大部分都是空白，但最后一页有个排版工搞的滑稽广告。新闻内容都挺情绪化的，没什么大新闻，不过有一条挺吸引人的，说火星机器分析出了惊人的成果，还声称找到了"飞行的秘密"，虽然我当时不太相信。到了滑铁卢，我找到了带人回家的免费列车。车厢里没几个人，我也没心情聊天。我一个人坐在车厢里，双手抱胸，默默地看着窗外被阳光照耀的废墟。火车一离站，就在临时铁轨上颠簸，两边的房子都成了废墟。沿途经过了克拉珀姆枢纽，尽管下了两天雨，那儿还满是黑烟的痕迹，铁路也坏了。失业的白领和店员们都在帮忙修路，火车在颠簸的轨道上前行。

随着火车的不断前行，我目睹的乡村风光逐渐变得荒芜而陌生。尤其是温布尔登地区，受灾情况十分严重。相比之下，沃尔顿由于那些幸免于火灾的松树林，看起来受损程度较轻。旺德尔河、摩尔河以及其他小溪流，都被红草所覆盖，景象既像屠夫的肉块，又似腌制的卷心菜。萨里郡的松林因为过于干燥，红藤并未缠绕其上。当列车穿越温布尔登，继续向远方行进，在一些育苗场的区域，可以见到围绕着第六颗陨石坑的土堆。那里聚集了不少围观者，一些工程兵正在陨石坑中忙碌。坑上飘扬着一面米字旗，在清晨的微风中欢快地舞动。育苗场被红草覆盖，形成了一片广阔的深红色区域，夹杂着紫色的阴影，显得格外刺眼。将视线从眼前那片焦灼的灰色和阴郁的红色移开，东边的山丘呈现出一种蓝绿色的柔和，我的眼睛才终于得到了一丝舒缓和慰藉。

我在拜弗利特站下了车，因为沃金站那边靠伦敦的路线还在维修。我就步行去了梅布里，路过我之前和炮兵还有骑兵聊过天的那个地方，还有那次雷暴中我第一次见到火星人的地方。出于好奇，我走到路边，发现在一堆红草里，有辆扭曲变形的小马车，旁边散落着被啃过的发白的马骨。我在那儿站了好一会儿。

随后，我穿过松树林返回，到处是和脖子一样高的红草。我发现"斑点狗"的老板已经被埋了，于是我就继续往家的方向走，路过了阿姆斯学院。当我经过一个开着门的农舍时，门口站着的一个男人认出了我，叫了我的名字。

我看着我的房子，心里闪过一丝希望，但很快就消失了。门被撬开了，门闩已松开，在我靠近时慢慢开了一点。

门砰的一声又关上了。我和炮兵曾在书房的窗户前观看黎明，现在窗帘从那开着的窗户飘出。从那以后，没人再关上它。我离开时撞坏的灌木丛还是老样子，和四周前几乎一模一样。我踉跄地走进大厅，感觉整座房子都空荡荡的。我曾在雷暴夜里湿透蹲在楼梯旁，那儿的地毯现在皱巴巴的，颜色也褪去了。我还看到我们当时上楼留下的泥脚印。

我顺着楼梯上的泥泞脚印，走进了书房。写字台上，我上次写作时留下的文件仍静静躺在那里，上面被一块石膏纸压着，那是我在圆筒开启那天下午离开时留下的工作。我在那儿站了片刻，重新审视我未完成的思考。那是一篇探讨随文明进程可能发展的道德观的论文，最后一句话仿佛揭开了预言的序幕："在接下来的两百年中，"我曾这样写道，"我们可能会见证——"但话语就在这里戛然而止。我回想起那个月前的早晨，我的心怎样无法平静。我还记得，我怎样放下笔，去迎接送来《每日纪事报》的报童。我记得自己怎样走到门口，听着那个孩子讲述他关于"火星人"的奇异故事。

我缓缓走下楼梯，步入了餐厅。桌上的羊肉和面包已经腐败变质，一瓶啤酒倒在一旁，就像我和炮兵匆忙离开时留下的那样。四周的空旷让我的家显得冷清而荒凉。我这才意识到，自己心中曾经渺小的希望是多么的不切实际。就在这时，一个意外的声音响起："别待在这里了，房子已经空了十天了。别在这儿折磨自己。只有你一个人逃了出来。"

我被吓了一跳，难道我在不知不觉中说出了心里的话吗？我转过身，看到后面的落地窗敞开着。我向窗户走去，往外望去。

院子里，我看到了让我震惊的一幕——我的表亲和妻子站在那里，他们的神情同样充满惊恐和不安。我的妻子脸色苍白，眼中没有泪水，她轻轻地叫了一声。

"我说过你会回来的。"她的声音带着颤抖，"我就知道……"她把手贴在脖子上，身体颤抖着。

我急忙上前一步，将她紧紧拥入怀中。

第十章　故事尾章

随着我的故事画上句号，我不免感到有些惭愧，因为我无法对那些仍悬而未决的争议问题提供更多的见解。我知道，在某些方面，我的叙述可能会引发批评。毕竟，我擅长的领域是思辨哲学，对比较生理学的了解也仅限于一两本书籍。但卡尔维尔关于火星人迅速死亡的原因的推测，似乎非常合理，几乎可以被视为一个已经被证实的结论。在我的叙述中，我就是基于这个假设。

至少在战后对火星人尸体的检查中，并没有发现除已知地球细菌之外的其他细菌。火星人不对死者进行埋葬，以及它们所进行的无差别屠杀，似乎也表明了它们对腐败过程的一无所知。虽然这听起来很有道理，但这个论断并没有得到最终证实。

关于火星人使用的那种具有致命效果的黑色烟雾的成分，至今仍是一个未解之谜。同样，产生热射线的装置也依然是一个谜团。伊灵和南肯辛顿实验室发生的可怕灾难预警，让科学家们对进一步研究热射线发射器失去了兴趣。对黑色粉末的光谱分析表明，其中存在一种未知元素，它能发出绿色的光谱线，可能与氩气结合，形成一种能立即对血液中的某些成分产生致命效果的化合物。但普通读者对这些未经证实的猜测可能并没有太大兴趣。

至于对火星人尸体的解剖研究，只有在流浪狗未啃食的部分才得以进行，我之前已有所描述。当然，大家可能更熟悉的是自然历史博物馆中保存完好的精美标本，以及基于这个标本制作的无数绘图。除此之外，关于火星人的生理结构和功能的研究，更多的只限于科学领域。

在这个故事的最后，大家普遍且深切关心的是，火星人是否还有可能再次对地球发动攻击。我个人认为，这方面的问题并没有得到应有的重视。现在，火星与地球在太阳的两侧，但每当它们在太阳的同一侧时，我总会担心火星人可能会重启它们的侵略计划。我们必须时刻保持警惕。我认为，应该可以准确地定位火星发射飞行器的位置，并对火星的这个区域进行长期监控，以预警下一次可能的袭击。

如果火星人再次来袭，我们可能在飞行器冷却之前就用炸药或炮火将其摧毁，或者在飞行器开启的一瞬间用枪械将火星人消灭。我觉得，火星人在首次出其不意的攻击失败后已经失去了巨大的优势。也许它们自己也意识到了这一点。

莱辛提出了一些令人信服的理由，推测火星人可能已经成功登陆了金星。七个月前，火星、金星与太阳形成了一条直线，也就是说，从金星上看，火星处于对日位置。紧接着，金星的暗面出现了一个明亮且蜿蜒的标记，而几乎同时，火星表面的照片上也发现了一个相似的图案。如果想一睹它们惊人的相似之处，你需要亲自看看这些照片。

无论火星人是否会再次入侵地球，这些事件已经深刻改变了我们对人类未来的看法。我们已经明白，地球不再是一个被围栏围起来、对人类而言安全稳固的家园。我们永远无法预测，太空中未知的好运或灾难何时会突然降临。从宇宙的宏伟进程来看，火星人的这次入侵对人类可能并非毫无益处。它剥夺了我们对未来的那种从容的信心，而这种信心正是导致人类堕落的最大根源，同时也为人类科学带来了巨大的礼物，并极大地促进了对全人类福祉的认识。可能在遥远的宇宙空间中，火星人已经观察了它们的这些先驱者的命运，并从中吸取了教训，在金星上找到了更安全的定居点。不过，无论如何，在未来很长一段时间里，人类对火星的密切观察肯定不会减少，天空中的流星，就像炽热的箭矢，它们坠落时将给所有人带来不可避免的忧虑。

人类的视野因此得到了前所未有的拓展，其影响不容忽视。

在火星探测器着陆之前，普遍的观点是，在我们这颗微小星球的表面之外，浩瀚的太空中并不存在其他生命。现在，我们的思考变得更加深远。如果火星人能够到达金星，那么人类同样有可能实现这一壮举。随着太阳逐渐冷却，地球最终将不再适宜居住，而从地球上起源的生命之链，或许最终会延伸并触及我们邻近的星球。

我脑海中构想的这一幻景是如此朦胧而又美妙：生命从太阳系这个小小的发源地缓缓向广阔的、无生命的星际空间扩散。但这毕竟是一个遥远的梦想。另一方面，火星人的毁灭也许只是暂时的。未来可能属于它们，而不是我们。

我不得不承认，这段充满压力与危险的历程，在我心灵深处留下了难以磨灭的疑惑与不安。我坐在书房中，借着灯光书写，思绪不时飘向那个正在复苏的山谷，仿佛再次目睹它被火焰吞噬，感受到四周房屋的空旷与冷清。当我漫步在拜弗利特路上，观察着穿梭的车辆——屠夫小弟推着货车、出租马车载着乘客、工人骑着自行车、孩子们走向学校——突然间，他们变得模糊且不真实，我仿佛又与炮兵一起，在那炎热而压抑的寂静中匆忙穿行。夜晚，我目睹街道被黑色尘土覆盖，掩盖了那些扭曲的尸体。它们在我心中浮现，衣衫褴褛，满是犬齿留下的伤痕。它们的喧嚣声越来越狂暴、苍白、丑陋，最终变得扭曲变形。当我从梦中惊醒，发现自己处于黑暗之中，感到寒冷与悲伤。

　　我走在伦敦的舰队街和河滨大街上，看着那些熙熙攘攘的人群，心中却突然涌起一种感觉：他们似乎都是历史的幽灵，在我记忆中那些寂静而荒凉的街道上徘徊，宛如一座死城中的幻影，徒具生命的假象。同样奇怪的是，就在写这最后一章的前一天，我站在樱草山上，看着那些房屋在烟雾和薄雾中显得暗淡而模糊，渐渐消失在远方朦胧的天际。我看着人们在山坡上的花园中穿梭，看着那些围在仍然矗立着的火星机器旁的游客，听着孩子们的嬉戏声。我回忆起那一天，一切是如此明亮、清晰、冷峻、寂静——那是最后的重大日子的黎明时分……

　　而最令我心神震撼的是再度紧握妻子的手，思绪回到那段时光——在我以为她已永远离我而去，而她也以为我已消逝于尘世之际。